妖怪托顧所

半妖之子

4

廣嶋玲子・作　Minoru・繪

林宜和・譯

步步出版

其他人物

- 初音　華蛇族的公主
- 一彥、二吉、三太　服侍月夜王公的三隻老鼠隨從
- 宗太郎　出租道具的古今堂少老闆
- 傳兵衛　河童妖怪
- 志麻夫人　百蓮堂佛具店的老闆娘
- 小翠　髮簪付喪神

登場
飛黑
烏天狗妖怪
月夜王公
妖怪奉行所東方地宮的所長
津弓
月夜王公的甥兒
丸藻
夢話貓的小孩
宗鐵
鼬鼠妖怪醫生
美緒
宗鐵的女兒
十郎
幫人類和付喪神結緣的仲介商人
青壽
尼姑

目次

妖怪托顧所

4

【半妖之子】

● 序章 ●

在一座深山裡，有個孩子和她的父母，一家三口相依度日。

孩子的父親非常忙碌，每天晚上都不在家。他總是在天黑時出門，直到早上孩子睡醒才回家。

不過白天的時候，父親都會陪孩子玩，山林就是他們的遊戲場。春天採花、夏天游水、秋天拾果、冬天堆雪人，孩子好喜歡和她的父親在一起。

只是，有一天，孩子卻變了。原本最喜歡的父親，竟然變成她最討厭的人……。

1

老鼠們的願望

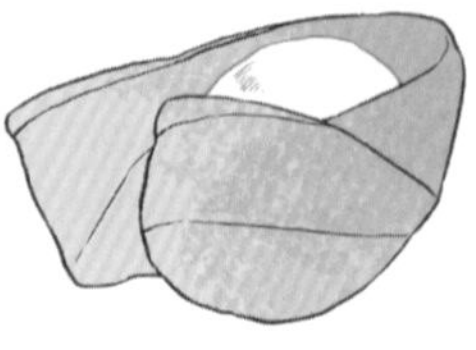

在江戶簡樸的日式平房住宅區，有一間叫太鼓長屋的房子，裡面住著一個叫彌助的少年。他的年紀大約十四歲，外表看起來跟普通的少年沒什麼兩樣。

可是，彌助其實一點都不普通。他是專門爲妖怪帶小孩的「妖怪托顧所」主人。

最初，彌助是不得已才接下這個工作，但是現在他已經和妖怪們打成一片了。彌助可以和妖怪族群這麼親近，大概也是因爲他的養親曾經是妖怪。

養育彌助長大的千彌，現在是個盲眼的按摩師，從前卻是被喚作白嵐的妖怪界大人物。

直到去年之前，彌助都不知道這件事，但如今他知道了，卻也不害怕。無論千彌的眞實身分是什麼，他依然是彌助最愛的千哥，感情永遠不變。

所以，在千彌的守護下，彌助勇敢接下妖怪托顧所的工作，如今已經邁入第二個春天了。

那一天晚上，又有客人上門了。

「拜託拜託！」伴隨著小小的聲音，走進來三隻白色老鼠。他們穿著相同的茶色工作服，用兩隻後腳直直站著。雖然臉上表情有點呆板，但看得出他們是有教養的。

彌助倒抽一口氣，他認得這三隻老鼠，他們是妖怪奉行所所長月夜王公的隨從，月夜王公背後垂下的三條長尾巴，就是由這三隻老鼠捧著。彌助見過他們無數次，這回卻是第一次和他們說話。

糟了！彌助心想，老鼠們都來了，不就表示月夜王公也來了？

他趕緊朝老鼠們身後看去，卻沒見到月夜王公，這才感到安心。彌助其實有一點，不，是很怕月夜王公啦。

這個世界上不怕月夜王公的，大概只有他的甥兒津弓，還有千哥而已吧！彌助一邊想，一邊蹲下身對老鼠們說話：「你們是月夜王公

身邊的隨從吧？」

「是的，我們三個從左到右，叫做一彥、二吉和三太。」老鼠們謙恭的低頭行禮：「今晚想請你幫我們看小孩。」

「好啊，寶寶在哪裡呢？」彌助問。

老鼠們小心翼翼的抱出一個小小的包袱，打開說：「他叫做四朗。」

彌助張口結舌，只是瞪大眼

睛看著那個包袱。

包袱裡裹著一個石頭。那是一個小小的白色鵝卵石，上面用墨水畫著眼睛和鼻子。雖然它像個嬰兒般，被茶色的布巾細心包裹著，但石頭就是石頭啊！

彌助眞不知道該怎麼接話：「這、這個……」

「我們知道你很吃驚，不過請你先聽我們解釋。」三隻老鼠緩緩說道：「我們原本是主人用法術創造出來的生物，但是各自有了名字，又長年服侍主人，就逐漸生出心靈來了。」

老鼠們繼續說：「有了心靈以後，我們覺得爲主人服務很光榮，每天心情有所寄託，但是卻也開始生出一點欲望……」

「欲望？」彌助不懂。

「是的。我們看見主人那麼關愛津弓少爺，也很渴望能夠那樣。我們想要有個對象可以保護，可以疼愛，這就是我們的欲望。」

彌助終於開始聽懂了：「也就是說，你們想要有自己的孩子？」

「是的。可是，我們是被主人創造出來的，自己又不會法術，也就不能生小老鼠。」老鼠們說：「所以我們想出一個辦法。雖然沒有法術，但只要我們對一個東西不停的灌注愛心，說不定有一天，它就會變成眞正的妖怪。」

「你們是說，這個石頭……？」彌助遲疑的問。

「是的，我們給它取名叫四朗。」老鼠們點點頭：「小四朗趕快變成好孩子、好孩子……，我們每天從早到晚，不停的對它說這話。」

「先不多說了，總之，今後三天，我們得跟著主人去大頭妖怪大臣的府邸出巡。」老鼠們說：「我們沒辦法把四朗一起帶去，因爲主人還不知道我們有這個寶寶。」

「所以，希望彌助少爺能幫我們照顧四朗，拜託拜託！」老鼠們向彌助深深鞠躬。

彌助摸摸鼻子，只覺得把石頭當成小孩看顧，眞是太奇怪的差事了！

不過，他還是點頭答應：「好啊，我就幫你們帶。」

「啊，太好了！太感謝了！」老鼠們似乎非常感激：「還有，能不能拜託你，盡可能一直把四朗帶在身上？」

「爲什麼？」彌助不解。

「因爲人類是重感情的動物，尤其彌助少爺特別有感情。只要讓彌助少爺帶在身邊，相信四朗會早日覺醒，擁有眞正的生命。」老鼠們眞誠的說。

「懂了，懂了！那麼我就一直把它抱在身上，有時間就撫摸它，這樣好嗎？」彌助笑著說。

「萬分感謝！」老鼠們再三拜託，才依依不捨的離去。

彌助關上門後，一直不發一語的千彌才開口道：「眞是個奇怪的要求，你不接也罷，對一個小石頭百般呵護，可不是太傻了？」

「嗯，是有點傻……不過，我覺得他們挺偉大……」彌助欲言又止。

「哪裡偉大？」千彌不懂。

彌助解釋：「他們眞的是獻出全心全靈，想要讓這個小石頭變成老鼠……只要不停的禱告，不斷的付出愛心，它眞的可能會有生命不是嗎？」

「也許是吧！很多妖怪和妖魔確實是自然界的氣或怨念產生的，這麼一想，還眞沒什麼事是不可能的。即使只是個小石頭，或許哪天就生出變化也說不定……」千彌沉吟道。

「是嗎？那麼……我就好好照顧四朗吧！」彌助說。

「彌助眞是個善良的孩子啊！」千彌俊秀的臉綻出笑容，伸手撫摸彌助的頭。

於是，這個叫做四朗的小石頭，此後就經常被寄放在彌助家裡。

起初彌助不太習慣，多幾次也就習以爲常了。說也奇怪，他竟開始對四朗這個小石頭產生感情了。

只要一得空，彌助就把小石頭放在掌心，一邊用指頭撫摸它，一邊說：「喂，你要早點生出來啊！一彥、二吉和三太，都等你誕生等好久啦！」當他這麼說的時候，總感覺小石頭似乎聽得見。

有一回，當四朗又被託顧的時候，彌助忍不住問千彌：「千哥，這個小四朗，究竟什麼時候才會誕生啊？」

「既然老鼠們這麼用心照顧它，你又這麼熱心幫忙，說不定它會提早出生，大約再一百年吧！」千彌說。

嗚哇──！彌助聽了差點暈倒：「還要等那麼多年啊？」

「要把一個石頭變成真的生命，一百年也不算長啊！」千彌理所當然的說。

「話是這麼說……可是，當四朗出生的時候，我已經見不到了！」彌助不禁嘆氣。

「那麼，我這就去姑獲鳥住的地方，把我的眼珠要回來。只要我得到法力泉源的眼珠，就是有一百個兩百個石頭，我都能馬上把它們變成別的……」千彌似乎下了決心。

「不、不行啦！」彌助慌忙按住想要動身的千彌。千彌法力泉源的眼珠，現在已經被當成姑獲鳥的住居了。

「不用啦！我一點都不想見到四朗誕生了！」彌助喊道。

「彌助，你不用勉強，你可以任性一點啊！」千彌卻說。

「不用，我是說真的啦！這話題就到此結束，到此結束喔！」彌助忍不住直冒冷汗，極力想把這個話題打住。

就在這時，大門忽然被撞開，一個年輕男人闖了進來。

「救救我呀！」這個大聲呼救的男人名叫久藏，是太鼓長屋房東的兒子，也是這一帶有名的花花大少，跟彌助天性相剋，經常鬥嘴。最近，久藏有了戀人，好一陣子都沒在彌助眼前現身了。不過，這回他可是出現得正好。

由於和彌助獨處的時光被打斷，千彌不高興的說：「久藏，你來幹什麼？這麼晚還闖進別人家。你不是有了可愛的戀人嗎？不用再來這裡了，趕快回家去，和心上人你儂我儂吧！」

久藏急忙撇清：「你儂我儂？阿千，我告訴你，我跟她可沒那麼卿卿我我啊！雖然我帶著她到處去，但與其說是戀人，不如說像妹妹。我陪她這裡逛逛那裡看看，她很高興，我也陪著高興罷了！」

「那你更應該趕快回去她身邊啊！」千彌催促道。

「不行啊！她現在正對我發脾氣，拜託你讓我待一晚嘛！」久藏哭喪著臉道。

「眞不中用，還以爲你對女人最有辦法呢！」千彌挖苦他。

「可惜我的招數對妹妹都無效啊！」久藏無力的苦笑：「她說很喜歡我，我是很感激啦！不過……我現在只想當她的哥哥就好。而且啊，只要我和別的女人多說幾句話，她馬上就打翻醋桶，變成一個十足的大女人，簡直嚇死我了。喂，彌助，你懂嗎？女孩子是既可愛又可怕的喔！」

「我不想懂！」彌助馬上還嘴。

「我請你懂，可以嗎？」久藏不放過他。

「你要是惹惱彌助，就馬上請你出去喔！」千彌立刻出口制止。

「哇，不敢了！拜託不要趕我啦！」久藏哀求。

看著拼命鞠躬低頭的久藏，彌助有點意外，看來他是真的走投無路了。最後，他們還是讓久藏留宿一夜。

「呼，太感謝了！」久藏鬆了口氣，掏出一條手巾擦脖子。這時，從他懷裡露出一點東西，鮮豔的色彩馬上吸住彌助的目光。

「那是什麼？」彌助問。

「喔，你說這個？這些是碎布，很美吧？」久藏說著，掏出一堆五顏六色的布片。那些似乎都是女人的和服布料，鮮豔的底色上繡著各種花鳥圖案。

「我今天去見了和服包商，順便買這些回來。我娘喜歡這種碎布，拼起來可以縫沙包之類的小玩意。本來想帶回家當禮物，卻和那個大小姐吵架，進不了家門，就逃到這裡來了。」久藏嘆氣說。

「哦，要處處討好人也不簡單哪！」彌助笑道。

「不用你管！阿千，你看這小鬼該怎麼辦？嘴巴愈來愈刁鑽了！」久藏沒好氣的說。

「你才是多管閒事。要是有人對我家彌助不滿意，我就請他出去！」千彌回敬他。

「唉呀，怎麼老是欺負我一個人啊！你也要對我溫柔一點嘛！」久藏抱怨道。

「爲什麼？」千彌不以爲然。

「爲什麼？我不是你的朋友嗎？」久藏大聲抗議。

就在久藏和千彌你來我往的當兒，彌助仔細端詳那些碎布。特別吸引他的是一塊紅色的布，椿花一般豔紅的底子上，染著許多白色的小圓點。

彌助忽然想到一個主意，便問久藏：「這塊布可不可以給我？」

「你也想做沙包玩嗎？那麼就當作我的住宿費，不只一塊，全部都給你啦！」久藏乾脆的說。

「不用，我只要一塊。」彌助答道。於是他得到了那塊紅色的布。

第二天，久藏回去後，彌助就取出縫紉箱。他的針線手工還算巧，先仔細把布切成小段，再一片片縫起來。

千彌聽到彌助在做手工，便湊過來問：「彌助，你在做什麼？」

「我想做一件衣服給四朗。」彌助頭也沒抬的答道。他想，包裹著四朗的布雖然高雅，卻很素淡，聽說嬰兒最好穿鮮豔的衣物，尤其紅色或黃色最能避邪。彌助就打算用這塊鮮豔的紅布做件小衣服，把四朗包起來。

「你爲什麼想到這個呢？」千彌又問。

「因爲，當四朗從石頭變成妖怪的時候，就能穿我給他做的衣服，我也會很高興。」彌助不好意思的說。

「原來如此。老鼠們知道了，一定會很感激的。那我也來幫忙吧！我該做什麼呢？」千彌躍躍欲試。

「啊，不用了！這是我自己想做的。」彌助趕緊把縫紉箱端遠一點。要是給千彌針和線，他大概一百年也做不出一條抹布。千彌在家事方面，眞的是笨手笨腳。

彌助一邊應付想幫倒忙的千彌，一邊揮汗完成一件小衣服。他覺得自己做得不錯，還挺滿意。

等一彥他們來了，我再把這件衣服披在四朗身上，一起交給他們吧！彌助想像老鼠們驚喜的表情，心裡好興奮。

隔天晚上，聽到敲門聲響起，彌助趕快跑去打開。

「哇！」門一開，彌助嚇得大聲驚叫，連連倒退，原來門外站著的是月夜王公。

臉上戴著半個紅色鬼面具的月夜王公，今晚也很帥，卻沒有好臉色。他背後垂下的三條白色長尾巴，像火焰一般搖來晃去，這也是他心情不好的象徵。

月夜王公盯著嚇得腿軟的彌助，問道：「吾的老鼠侍從，聽說最近常來這裡？他們來幹什麼？你不要說謊，老實招來！」

面對妖怪奉行所的所長，誰都不能打馬虎眼，更不可能說謊。彌助眼看沒轍，只好把老鼠們和四朗的事，全盤托出。

月夜王公聽了，似乎無可奈何，哼了一聲說：「原來他們最近工作不太專心，就是爲了這個……你把那個什麼小石頭，交出來給吾吧！」

「您要幹什麼？」彌助驚慌的問。

「不要多問，拿來！」月夜王公命令。

「不、不要啦！」彌助慌忙抱緊懷裡的四朗，喊道：「您要是想把四朗打破，我就絕對不交出來！這可是一彥他們的心肝寶貝，月夜王公權力再怎麼大，也不能不問是非，爲所欲爲啊！」

「笨蛋！吾可是妖怪奉行所所長兼王妖狐族的族長咧！世界上沒有吾不能做的事！彌助，把石頭交出來，吾保證不會做讓你擔心的事。」月夜王公最後一句話出奇冷靜，甚至帶著一點懇求的味道。

彌助有點猶豫，卻見千彌靠過來低聲說：「你就把石頭交給他吧！」

「怎麼連千哥都……站在月夜王公那一邊啊？」彌助抗議。

「我可沒說站在他那一邊，我永遠都是站在彌助這一邊。只是，這回他好像有自己的打算，你就交給他吧！萬一他眞做了不好的事，我一定會幫你教訓他！」千彌鄭重的說。

聽千彌這麼說，彌助無法再拒絕了。他不情願的掏出小石頭，交給月夜王公。

月夜王公用手指捏起小石頭，左右端詳一會兒，才說：「那幾個傻瓜，要等這石頭變成妖怪，得等多久啊？真是沒腦筋！」

聽到月夜王公自言自語，彌助不高興的說：「只要全心全靈的祈禱，總有一天沒生命的東西也會變成妖怪，不是嗎？所以他們並不傻呀！」

「不，他們是在做傻事。這幾隻沒有法力的老鼠，百年當中都要努力照顧這石頭，那麼這期間他們服侍吾可就要偷工減料了！吾絕對不能讓他們稱心如意！」月夜王公說完，忽然握拳攥緊小石頭。

彌助臉色鐵青，大叫：「幹、幹什麼？住手啊！」他衝上去要阻止，卻見月夜王公把手攤開了。

彌助驚訝的愣在當地。原來月夜王公的掌心裡，有一隻很小很小的老鼠。

那是一隻剛出生的小老鼠，桃紅色的皮膚幾乎沒長毛，眼睛也沒睜開，正蜷縮著身體在睡覺。

對著說不出話來的彌助，月夜王公不屑的說：「你這個急驚風，還以為吾要把石頭捏碎啊？」

「可是，您說絕對不原諒……」彌助勉強回嘴。

「吾當然不會原諒。他們瞞著吾做這種悄悄事，怎麼可以原諒？所以，吾用這個方式懲罰他們。」月夜王公說。

「罰？這個叫懲罰？」彌助不解。

「是啊！那三隻老鼠興奮的等待小老鼠出生，一直非常有耐心。

吾就是要剝奪他們等待的樂趣，讓他們無法得逞啊！」月夜王公說著，大搖大擺的將小老鼠遞給彌助：「他們要是來了，你就把小老鼠交給他們。他們沒見到小老鼠出生的樣子，一定會很失望的！」

「月夜王公……」彌助好像想說什麼。

「什麼啊？」

「不，沒什麼！」彌助趕緊低下頭，不然他就忍不住要笑出來了。

月夜王公別過臉，忽的就消失不見了。

這時，彌助才轉身對千彌說：「我就知道，月夜王公個性很彆扭啊！」

「的確呢。他想幫助老鼠們實現願望，乾脆老實說出來就好。他才是傻瓜啊！不過這樣也好，既然彌助都做好衣服了，就幫小老鼠穿上吧！」千彌笑著說。

「嗯，太好了！」彌助也高興的笑了。

半個時辰之後，三隻老鼠都來了。當他們看見裹在鮮紅的小衣服裡頭，睡得又香又甜的小老鼠時，有多麼吃驚，又有多麼喜悅，真是不必再形容了。

2

繡球裡的妖精

那一天，彌助去道具出租店古今堂還東西。

道具出租店就是出租各種東西的地方，從舊衣服到價值不菲的陶瓷器，應有盡有。因此，大家缺什麼就來這裡租，生意很好。

彌助自從開了妖怪托顧所後，就經常上門光顧，如今他已經和古今堂的少老闆宗太郎很熟了。

宗太郎有張絲瓜般的長臉，看起來神色謙恭，實際上個性穩健，即使來了麻煩的客人，他也有辦法應付。因為他和久藏的性格大不相同，所以很受彌助尊敬。

「午安！宗太郎在嗎？」彌助一邊打招呼，一邊走進店裡。

宗太郎正在店面後頭，專注的看著一個陶壺的底部，見彌助走近，才笑著開口道：「午安！彌助，你又來了啊！」

「我來還上次租的掛軸。謝謝你，這幅畫幫了大忙。」彌助說著，拿出一個細長的桐木盒子，交給宗太郎。宗太郎接過去，把掛軸從盒子裡取出來展開。

只見畫裡有兩隻趴在地上的小狗，牠們大概是玩累了，稚嫩的小臉湊在一起，像球似的蜷成一團睡覺。在牠們身旁，黃色的野花爛漫盛開。

就是這麼一幅簡單的畫，然而筆觸非常生動，春日暖陽下的大地、草木的氣息和小狗的鼾聲都躍然紙上，令看見的人都不由得微笑。

宗太郎稍微檢查後，高興的點頭說：「嗯，沒問題！你每次都完整無缺的還來，一點損傷或汙漬都沒有。我這就把折損金還給你。」

原來，向道具出租店借東西時，店家會多收一筆折損金，萬一客人把東西弄壞或偷走不還，店家才不會賠本。不過，只要客人把東西無恙歸還，店家就會返還那一筆折損金。

宗太郎一邊數錢給彌助，一邊疑惑的問：「爲什麼你老是借奇怪的東西呢？盛夏借暖被桌[1]，寒冬借風鈴。就像這次的畫也是，雖然我知道不應該問客人私事，卻還是忍不住好奇。你究竟爲什麼要借這幅畫呢？」

「哈哈，這個嘛，恕我不能奉告。」彌助敷衍著說。暖被桌和風鈴，當然都是跟妖怪有關。這一回的畫，也是爲紙妖怪的孩子借的。小妖怪耍賴說，如果不讓他躲進一張舒服的畫裡，他就會睡不著。

但是，彌助就算撕破嘴，也不能洩漏妖怪的事。

見彌助打哈哈帶過，宗太郎聳聳肩笑道：「算了，我不多問。我可不想失去你這個好客人啊！今天呢？你還想借什麼嗎？」

「嗯，我想想看。」彌助環顧四周一圈，想找個可以哄小妖怪的玩具。

就在那時，有個鮮豔的東西映入他眼簾。那東西在宗太郎腳下的竹籠裡，看起來像是隨隨便便被塞進去的。

「那是什麼？」彌助指著它問。

「啊，你說這個？」宗太郎彎腰把它抓起來。

那是一個巴掌大的繡球，朱紅色底子鑲著金色和藍色的刺繡，外觀十分奢華美麗。

「哦，是繡球！」彌助眼睛一亮。

「其實我打算把它處理掉。」宗太郎卻說。

「處理？」彌助嚇了一跳。

做這門生意的宗太郎，本來是非常愛惜舊物的。他會把壞掉或有裂縫的地方用心補好，絕不會隨便丟東西，更別提那個繡球，看起來一點損傷都沒有。

面對瞪大眼睛的彌助，宗太郎有些為難的說：「會借這個繡球的，大多是有孩子的人家，可是每次借出去都會出問題。客人都說從借回家那天開始，孩子就哭個不停。如果只是一兩次還不打緊，可是幾乎每次都這樣啊！」

「所以你打算把它丟掉嗎？」彌助問。

「不，這種東西光是丟掉還是很危險。我打算拿去寺廟，請住持焚燒和誦經。」總之，宗太郎是想讓這個繡球從世上消失。

彌助仔細端詳繡球，覺得它眞是美麗。球面的絲綢很高級，刺繡也很精緻，當初製作的人一定花了許多心思才完成。

他忍不住問道：「那我可以要它嗎？」

「你說什麼？你沒聽到我剛說的話嗎？」宗太郎驚訝道。

「我不相信有東西會附邪，這個繡球就給我嘛！我很喜歡它，與其處理掉，還不如給我呀！」彌助纏著宗太郎說。

「不行！」宗太郎嚴詞拒絕。

「不要這麼小氣嘛！」彌助還是不死心。

最後，宗太郎拗不過，高聲道：「好啦，如果你一定要，就給你了！不過，無論發生什麼事，你都不能找我算帳喔！如果要求神拜佛或去邪，你也得自己想辦法喔！」

「我保證會自己想辦法，謝謝你，宗太郎！」彌助把繡球塞進懷裡，頭也不回的跑回家去了。

一回到家，他就把繡球拿出來，只見千彌感興趣似的「哦」了一聲，說：「這個挺有意思，你又帶奇怪的東西回來了。」

「這繡球真的有附邪嗎？」彌助問。

「不，不是。」千彌篤定的說：「這繡球有個付喪神[2]。不過，這個付喪神法力還很微弱，只能勉強算半個妖精。它晚上可能會醒過來，對你說話也不一定。只是……聽說它會把小孩弄哭，這倒是令人擔心啊。這個付喪神看來怪怪的……彌助，它要是把你嚇哭了，你得告訴我喔，我一定會修理它！」千彌皺起眉頭。

「千哥……我已經不是小嬰兒啦！」彌助無可奈何的笑了。

那天夜裡，彌助正在繡球前緊張的走來走去，忽然傳來一聲活力十足的「晚安！」，緊接著兩個小妖怪飛奔進來。

穿著黯黃色衣服的是月夜王公的甥兒津弓，他看起來只有六歲左右，皮膚白皙，身形圓胖，背後拖著一條細細的白尾巴，頭上長著一對小小的角。

乘在津弓肩膀上的，是身高只有一寸半的梅子小妖怪梅吉。他青梅般的綠色身體圍著茶色的肚兜，眼睛閃閃發光，看起來就很淘氣。

「彌助，我們來找你玩啦！」津弓喊道。

「好久不見了！你好嗎？」梅吉大聲問候。

對著這兩個大呼小叫的小妖，彌助不禁苦笑。只要他們來了，安靜的屋子轉眼間就變得好吵雜。

「真的好久沒見了呢，不過我可是聽了不少你們的消息喔！聽說你們溜進鶯谷仙女住的地方，偷吃了她仙桃裡的花蜜？還有，你們跑去打擾正在冬眠的生剝鬼一族，對不對？」彌助沒好氣的說。

「是啊！生剝鬼的臉不是好可怕嗎？我想把他們變可愛一點，就和梅吉幫他們化妝。」津弓吐吐舌頭說。

梅吉立刻接話：「結果，其中一個生剝鬼居然醒了。他看見鏡子就開始大叫，把其他的生剝鬼都吵醒了！他們又哭又鬧，我還被阿媽教訓了一頓。其實，我們只是在他們的臉上塗了一點紅粉跟白粉罷啦！」

「我也被罵啦，回家以後舅舅很生氣，就一直把我關在宮殿裡。今天他好不容易放我出來了，我就趕快約梅吉來找你。彌助，跟我們一起玩吧？」津弓興奮的說。

「是呀！跟我們玩嘛！」梅吉附和道。

「玩是可以，但絕對不能去食骨爺爺住的地方撿靈魂喔！」彌助警告他們。

這時，津弓發現彌助背後的繡球，叫道：「哇，好漂亮！這球哪裡來的？是你的嗎？」

「嗯，算是我的。」彌助只好點頭。

津弓著迷的看著繡球，央求彌助：「太美了！我可以玩它嗎？好嘛好嘛！」

「不行，這個……」彌助不知該怎麼說。

「不行嗎？」津弓很失望。

「聽說它裡面有什麼靈魂，你最好不要玩啦！」彌助勸道。

「沒關係！我可是妖怪，妖怪怎麼會怕靈魂呢？借我玩啦！」津弓不死心。

「唉……好吧！」彌助拗不過他，只好答應。

「太棒了！」津弓高興的舉起繡球，卻聽梅吉說：「喂，你可以把它放在地上嗎？」

「咦，爲什麼啊？」津弓問。

「看我的！」梅吉說。

津弓把繡球擱在地上，梅吉就翻身爬上去，用兩隻腳滾動繡球前進，動作好不靈活。

「哇，梅吉好厲害！」津弓讚嘆。

「嘻嘻！」梅吉很得意。

「好棒啊！我要是身體小一點，就也能爬到繡球上了……我看還是拜託舅舅，把我的身體變小吧？」津弓羨慕的說。

「那你還不如拜託舅舅，給你一個特大號的繡球啊？」彌助說。

「喔，眞的呢。彌助好聰明啊！」津弓說完，他們三個一起笑了起來。

就在那時，忽然有個聲音大吼：「喂喂喂！小鬼頭！少給我作怪！」話音剛落，繡球隨即往上蹦，把梅吉拋了出去。梅吉「哇！」的尖叫起來。

「你沒事吧？梅吉！」彌助慌忙衝過去。

「我、沒事，可是……哇！」梅吉再度尖叫。

「救命啊！」津弓也叫了起來。他倆一邊叫一邊抓住彌助，彌助也嚇得瞪大眼睛。

只見繡球上長出毛茸茸的手和腳，刺繡圖案的兩片花瓣變成往上吊的一雙眼睛。繡球的中央裂成兩半，化成一張長著利齒的大嘴巴。

一瞬間，美麗的繡球就變成可怕的妖怪了！

那妖怪瞪著嚇得

打哆嗦的兩個小妖，說：「嗄嗄嗄！沒禮貌的小鬼頭，竟敢踩在我身上玩，絕對不原諒你們！」

「哇——！」津弓和梅吉一聽，又大叫起來。

「像我這麼高貴的繡球，可不是讓你們這種沒教養的小鬼頭隨便玩的！懂嗎？給我退下……呃！」繡球妖怪話說一半忽然噎住，原來是被千彌一腳踩住了。

千彌一邊用力踩，一邊冷笑道：「我不知道你是什麼來頭，不過你敢叫我心愛的彌助小鬼頭，可就不要命了！」

「等、等一下！呃……」繡球哀嚎。

「我不喜歡聽人吵鬧，你要是不安靜一點，我就把你踩扁！」千彌恐嚇道。

「千彌大哥，趕快把它踩扁！」「對，把它踩扁！」梅吉和津弓雖然害怕，還是瞪著繡球小聲催促千彌。

「什麼？你們好大膽，給我記住！哇──救命！」繡球發出慘叫，卻又不甘示弱。

「千、千哥！」彌助終於出口制止：「等、等一下！我想知道它是誰，你要是把它踩扁，我就問不到了！」

千彌無可奈何，只好提起腳。彌助不理會一旁噘起嘴的梅吉和津弓，問繡球道：「喂，你沒事嗎？」

「我、我沒事，可惡！我毛丸可不是你們小鬼頭比得上的！」繡球妖怪說。

「你叫做毛丸嗎？」彌助又問。

「是啊，我是付喪神毛丸大爺。先跟你說，我最討厭的就是小孩子！你可不要讓小孩靠近我，知道嗎？」毛丸裝腔作勢的說。

「討厭小孩……？你不是繡球的付喪神嗎？既然是玩具，怎麼會討厭小孩呢？」彌助不解的問。

「沒辦法呀！我天生就是這個樣子。黑仔小弟，你救了我一命，對我有恩，要不是你，我大概已經被燒成焦炭了！所以我對你特別一點，就忍耐不發脾氣吧！」毛丸自命不凡的說，千彌在旁卻聽得火大：

「彌助，我乾脆把它燒掉吧？」

「等一等，千哥！」彌助趕緊阻止。

「等什麼？它的名字和來歷都知道了，只是個無賴妖精，這樣不就夠了嗎？」千彌不悅的說。

「是呀！彌助。」津弓接腔。
「那麼可怕的東西，趕快把它解決啊！」梅吉也附和。
「這些小鬼頭，看我把你們頭髮拔光！」毛丸怒道。
「哇！」津弓又叫。
「彌助，趕快讓它消失啊！」梅吉喊道。
「這次我難得贊成這兩個小傢伙。這麼惡質的付喪神，不該讓它留下來！」千彌說。
「你們三個不要在這時候突然團結嘛！」彌助嘆道。只聽毛丸恨恨的說：「哼！這又不是我的錯。我這麼討厭小孩，又長得這麼醜，都是人類造的孽啊！」它低啞的嗓音，似乎充滿怨憤。
彌助驚訝的問：「你說人類造的孽，是什麼意思啊？」

「就是字面上的意思啊！把我做出來的，是個無聊的女人。她本來是大商家的老闆娘，因爲生不出小孩，長年到處求神拜佛，卻沒任何效果。後來，她的丈夫就在外頭跟別人生了孩子。」毛丸冷笑道：「她自己千方百計想得到的孩子，卻讓別人生了！可是，她在人前又不能動怒，身爲大商家的老闆娘，得有度量容忍丈夫在外面玩女人。」

最後，那個在外私生的嬰兒，正式被商家收養。因爲是女嬰，將來長大了招女婿，就可以繼承店面。商家老闆和衆親戚都很高興，沒有人顧慮老闆娘的心情。

老闆娘的心都碎了！如果這可愛的女嬰是她的親生女兒，該有多麼寶貝啊！這個念頭揮之不去，使她不由得憎恨起這孩子。

儘管心底憎恨，老闆娘還是扮出笑臉，裝作很高興能得到這孩子的模樣。那養女也黏她，經常「阿娘、阿娘！」的跟在身邊，更教老闆娘心中痛苦。

在養女三歲那年，老闆娘給她做了一個繡球。她用最美麗高級的布料，花許多時間和工夫繡上精緻的花樣，當作孩子的生日禮物。孩子收到繡球，簡直高興極了！

誰知那天晚上，孩子竟然就死了！她追著繡球跑，不小心從樓梯滾下去，摔斷了脖子。

當家人都在悲泣的時候，老闆娘卻獨自在笑。老闆責備她，爲什麼心愛的孩子死了，還笑得出來？

老闆娘回答，她一直都只能裝一副笑臉，早就忘了其他表情是什麼樣了！那個時候，她臉上浮現出勝利的笑容。

見彌助他們聽得屏住呼吸，毛丸繼續說：「懂了吧？那個女人把她多年累積的怨恨，全都縫進繡球裡頭了！換句話說，我就是她的詛咒啦！爲了詛咒養女，她把我這個繡球做出來了！」

「所以，你才討厭小孩？」彌助好不容易才擠出話來。

「對呀！小孩最討厭了，小孩全是我的敵人！那女人把我做出來之後，我就繼承她全部的怨恨。每次一見到小孩，我就想咬他們、罵他們、把他們嚇哭……我沒辦法遏止自己啊！」毛丸說到最後，幾乎是有氣無力。

彌助沉默了好一陣子，平時吵鬧的梅吉和津弓，也說不出話來。

半晌，彌助才緩緩對千彌說：「千哥……」

「你覺得這傢伙可憐嗎？」千彌問。

「嗯！」彌助用力點頭。

毛丸的每一句話，好像都充滿「我不想這樣活下去」的吶喊，實在太可憐了！人類的心靈會生出這麼醜惡的東西，也令人感到悲傷。彌助只想幫助毛丸，讓它脫離痛苦。

他這個深切的心願，似乎傳達給千彌了。

「好吧！」千彌點點頭，彎腰拾起毛丸，然後伸出手，直直捅進它的嘴裡。

「呃——！」毛丸呻吟一聲，就翻起白眼，不會動了。

彌助嚇得呆住，只見千彌緩緩抽出手，修長的手指抓著一團黑漆漆的東西。

「千哥！你做了什麼？」彌助驚叫。

「我把這傢伙肚子裡的瘴氣去掉了……這顯然是人類的頭髮啊！」千彌說。

彌助無言以對，他明白這是做繡球的那個女人的頭髮。那個女人把繡球當作自己的分身，將自己的頭髮縫進去了。

千彌把那一團頭髮丟進火堆，頭髮馬上燃燒起來，發出噁心的臭味。彌助跑去開門，讓風灌進來，臭氣才消散。

這時，津弓卻叫起來：「彌助，毛丸的樣子很奇怪呀！」

「咦？」彌助一看，只見毛丸又變回原來的繡球模樣，無論怎麼叫它或摸它，都一動也不動。

「千哥，毛丸睡著了嗎？」彌助問。

「與其說是睡著，還不如說是昏迷。它的肚子被掏空，當然就變成這樣了。不過只要小心保護，總有一天它會再醒過來，變成真正的付喪神。下次它就不會是討厭小孩的付喪神了！」千彌說。

「原來如此。」聽了千彌解釋，彌助才安下心：「那麼……我們該把這繡球寄放在喜歡它的小孩家裡？」

「那就由我保管吧！」津弓蹲下去，把繡球抱起來。

「喂喂，你不行啊！津弓。」彌助制止道。

「是啊！你不是才被它臭罵，嚇得渾身發抖嗎？」梅吉也說。

「可是，現在的毛丸就只是個繡球，我會用心保護它的。我還有個偉大的舅舅對不對？只要把繡球放在溫柔的舅舅身邊，它一定會變成溫柔的付喪神吧！」津弓信心滿滿的說。

大家一片沉默，個個都拼了命在憋笑。
結果，津弓還是把繡球帶回家了。
幾年以後，再度醒過來的毛丸，會不會變成一個溺愛津弓的付喪神呢？我們就拭目以待吧……呵呵！

1　暖被桌：一種日式矮桌，在桌底下放暖爐，再用棉被蓋住桌面，可以坐進去取暖。

2　付喪神：一種日本的妖怪傳說，又名「九十九神」。相傳器物放置一百年，吸收天地精華或感受到怨念、佛性、靈力後，會得到靈魂並化成妖怪，概念類似「成精」。

3

戴面具的孩子

淅淅瀝瀝下著梅雨的夜晚，妖怪托顧所有客人上門了。

那是一個穿著茶色和白色相間工作服的瘦小男人，看起來三十歲左右，膚色微黑，長相端正，卻面露倦容。大概是好一陣子沒睡覺，他的雙眼布滿血絲。

雖然那個男人看起來與人類沒兩樣，他卻自稱是鼬鼠妖怪，名叫宗鐵。

的。

「我想把女兒寄託在這裡。」宗鐵緩緩開口，似乎心事重重。

他說他的女兒名叫美緒，今年八歲，是在人跡罕至的深山裡養大的。

「我的妻子過世了……雖然我想自己帶女兒，卻帶不好。可以請你收留她一陣子嗎？」宗鐵猶豫的說。

「收留是沒問題，不過……一陣子是多久呢？」彌助問。

「不知道。」宗鐵的表情像是要哭出來了：「這孩子從母親臨終前的那時候起，就對我不理不睬……她把自己封閉在幽暗的世界，即使我就在面前，想伸手給她握，她都對我視而不見。」

所以，宗鐵說他只好來找彌助：「聽說你這裡有很多人來，不只是人，還有妖怪。如果讓我孩子多接觸各色各樣的人和妖怪，說不定她就會打開心扉接納別人。到時候，我再來和美緒重新溝通。我不知道她想要的究竟是什麼……不過，我只是想實現她的願望。」

看起來宗鐵和女兒之間，有著很大的隔閡。彌助明白後，便答應了下來：「我知道了，我可以收留你的女兒。」

「萬分感謝！那麼我明天就把美緒帶來。」宗鐵向他深深鞠躬。

第二天晚上，宗鐵果然把女兒帶來了。美緒雖然已經八歲，個子卻還很小，皮膚曬得很黑，細瘦的手腳從短短的袖子和下襬伸出來，看上去挺靈活，有點像隻小猴子。

但是，彌助看不見美緒的臉，因爲她戴著一個像盤子般的白色面具，只在眼睛的地方開兩個洞。平板的面具沒有任何表情，顯得有點恐怖。

彌助有些嚇到，美緒卻只是直直站著，宗鐵叫她打招呼，她依然緊閉著嘴。

眼見一旁的千彌臉色不好，彌助趕緊對宗鐵說：「沒關係沒關係，她大概是怕生，招呼以後再打就好了。我這就收留她，你放心吧！」

「不好意思。那麼就拜託了！美緒……妳要聽話喔！」宗鐵叮囑。

美緒還是不答腔。

彌助心想，這下棘手了！無論是哪個小妖怪，只要見到父母即將離開，就會露出寂寞的表情。可是，美緒卻一點都沒有。不但如此，她連瞧都不瞧父親一眼，全身彷佛散發著一股怨氣。

宗鐵走了以後，美緒還是一言不發。不過，她也沒有不聽話，而是乖乖順從彌助的指示，在狹窄的房間睡覺也沒有怨言。

就這樣相安無事的過了一晚。

第二天早上，彌助醒來的時候，美緒已經起床了。見她靜靜的坐在臥榻前，彌助小聲打招呼：「早啊！」

還是沒反應。

「妳真早起啊！昨晚睡不好嗎？」彌助問。

美緒不答，只是輕輕搖頭。

「是嗎？如果有睡著，現在應該餓了！我這就去準備早飯，妳等等喔！」彌助說完，便快手快腳開始生火。他先煮了米飯，又做味噌湯，再切一小盤自己醃的生薑。爲了款待美緒，今天特別給每人加一顆蛋。

當彌助快忙完的時候，千彌也起床了，三人便一起吃早飯。吃飯的時候，美緒還是堅持不肯拿下面具，只把面具往上挪一點，嘴巴就著碗吃蛋泡飯。

看不見美緒的臉，彌助有點失望，但是美緒把飯都吃光了，也讓他挺高興。有人把自己煮的東西吃得乾乾淨淨，畢竟是一件愉快的事。彌助覺得，他已經和美緒互相跨越第一步了。

當他收拾碗筷的時候，聽到外頭有人敲門：「喂，千彌兄起床了嗎？」

就在這瞬間，美緒忽然跳起來，打開擱在後頭的大木箱，一頭鑽進去，闔上箱蓋，矯捷的身手令彌助吃了一驚。

不愧是妖怪的孩子，手腳這麼快！彌助一邊暗嘆，一邊開門：「是大吾兄啊！」

「喔，彌助早！千彌兄在嗎？」門外站著街尾的旅店「玉浪」的料理師傅大吾。他在雨中撐著傘，急急對千彌說：「不好意思一早來打擾，請跟我回去一趟好嗎？我們旅店的客人大清早就嚷著腳痛，愈叫愈大聲。你可以來幫他按摩嗎？」

「知道了，那麼彌助你看家吧！我會盡快回來。」千彌交代說。

「好。」彌助點點頭，千彌就跟大吾出去了。他們離開後，彌助便來到木箱旁。這個大箱子是先前的房客留下來的，平時堆放雜物，還有很大的空間可以容納一個小孩。彌助小時候，偶爾也會躲進去睡午覺。

他輕輕叩了叩木箱，說：「沒事了啦！客人已經回去了……喂，我要打開囉，可以嗎？」

彌助說著，便把箱蓋打開，只見美緒在裡頭縮成一團。叫她出來，她還是一動也不動。

彌助只好放棄，改口道：「好吧，那就隨妳高興。如果有什麼事，叫我一下就好。」他雖然還是有點不放心，卻也只能開始打理家務。他先洗了碗筷，又去攪拌一會兒醃菜，再用抹布把地板擦乾淨。

當彌助幹活的時候，沿街叫賣豆腐的小販來了，他就買了一塊。現在用味噌把豆腐醃起來，到晚上就是一道好菜。

但是，彌助醃完豆腐才想起：「唉呀，我應該多買一塊。」

因爲有美緒在，得多準備一點菜。豆腐小販大概沒走遠，現在出去也許還追得上。

彌助瞥了美緒一眼，見她坐在木箱裡，正在看圖畫書。那是一本有許多美麗插圖的民間故事，美緒看得目不轉睛，或許讓她獨自待一會兒也無妨。

「美緒，我出去一下，馬上就回來，妳可以幫我看家嗎？」彌助問道。

美緒看了看彌助，用力點個頭。

「好，那我快去快回。」彌助說完，便拿了一個竹盤子，冒著小雨衝出門。

可是當他回來的時候，竟發現美緒不見了！

「唉呀！」彌助大驚失色，他負責照顧的小孩不見了！只不過一會兒工夫，怎麼會不見？到底出了什麼事？

彌助在狹窄的屋子裡到處找，連外頭的廁所都檢查過了，還是沒有美緒的蹤影。

他急得頭髮都快倒豎起來。要是那孩子出了什麼事，他怎麼對得起宗鐵？他非得找到美緒不可啊！

這時，忽然有一個綠色的影子，從敞開的大門溜進來。

「啊，彌助，你回來了！」說話的是跟彌助個子差不多大的妖怪，他的皮膚青綠，覆滿黏液，腰上纏著水草做的布條。妖怪的的手腳都長著蹼，雜亂的黑髮上面頂著一個白色圓盤。沒錯，這位就是河童妖怪。

「這不是傳兵衛嗎？你怎麼會在大白天來呢？」彌助驚訝道。

「哪兒的話？像我們這種水妖，只要碰上雨天，大白天也可以走來走去。我抓到一些很棒的鯰魚，來分一些給你們吃啊！上次託你帶我家小孩，這是一點謝意。趁魚還新鮮，就跟千彌一塊兒吃吧！」河童笑著說。

彌助接過傳兵衛遞上的竹籠，只見裡頭裝著約十尾新鮮光亮的鯰魚，他趕緊道謝：「多謝！我們今天晚上就吃。」

「對了，這竹籠也給你。魚放在裡頭，三天都不會壞喔！」傳兵衛交代完，忽然又想起什麼：「剛才我看到這裡有個女孩。」

「你有看到美、美緒嗎？」彌助急得舌頭打結。

「嗯，她一見到我，就像風似的逃跑了！我追了她好一會兒，想到我長這個模樣，就算去安撫她也是幫倒忙。所以，我見她躲到橋墩底下，就自己折回來了。」傳兵衛苦笑說。

聽到美緒只是躲起來，彌助欣慰得差點腿軟：「太好了！我發現她不見了，正急得半死呢！」

「是嗎？也是我不好啦，本來沒打算嚇唬她的，只怪我天生長這副德性。雖然不敢說要像千彌那麼好看，至少讓我生得端正一點啊！」

傳兵衛嘮叨著自己的長相，彌助只好安慰他：「你並沒有長得特別可怕，是那孩子特別怕生啦！她到底躲在哪裡？」

「就在這附近的鈴口橋下。」傳兵衛說。

「知道了！那我馬上去接她，謝謝你的鯰魚！」彌助道過謝，就往鈴口橋方向跑去。

幸好，美緒還蹲在橋墩底下，正挖著地上的土。她好像並沒有要挖出什麼，只是兩手不由自主的動著。

彌助忽然想起，有個住山上的人告訴他，鼬鼠天生喜歡挖洞穴，沒事就在地上挖來挖去。

美緒既然是鼬鼠妖怪的女兒，大概也喜歡挖洞吧！可是，眼前的她看起來卻不是因爲喜歡才動手，而是想忘掉什麼才這樣不停的挖著。她小小的身體被雨淋得溼透，顯得很淒涼。

彌助小心不驚動她，悄悄靠近，喚道：「美緒，是我啦！我來接妳了。」

美緒抬起頭，雖然戴著面具，卻看得出來她鬆了一口氣。彌助剛伸出手，美緒就緊緊抓住，她沾滿泥土的手又冰又涼，彌助趕緊用雙手給她搓一搓。

「妳的手好冰啊！我們快回家，我給你熱甜酒[3]暖身，我釀的甜酒很棒喔！要不要喝喝看？」彌助說。

美緒沒有回答，只是緊緊握了一下彌助的手。

「那好，我們回去吧！」彌助高興的說。

「呃！」美緒忽然停住腳，用力搖頭。

「啊，妳是怕剛才那個河童嗎？他叫傳兵衛，是個好妖怪喔！他特地來送我們鯰魚，沒事的啦。我家在開妖怪托顧所，一年到頭都有各種妖怪來托兒。不過，他們都不是壞人，即使有各種怪癖，也沒什麼好怕的。他們都跟妳是同一族啊！」彌助安慰美緒。

「我不是同一族！」美緒忽然大叫。

彌助嚇一大跳，只見美緒全身發抖，用力說道：「我不知道什麼妖怪！我是、我是人類啦！」她稚嫩的聲音裡，似乎蘊含著強烈的憎惡。

「那孩子是個半妖喔。」聽千彌這麼說，彌助不禁倒吞一口氣，不自覺的朝木箱看了一下。

打從回到長屋，美緒就躲進木箱裡不肯出來。彌助從外頭對她說話，她既不回答，也不發出一點聲響。

美緒到底在生什麼氣？她說自己是人類，又是什麼意思呢？

彌助實在沒辦法，只好問做完按摩回家的千彌。想不到，千彌給的答案竟然是「半妖」。

「半妖是……半個妖怪的意思嗎？」彌助問。

「是的，就是父母其中一方是妖怪。」千彌點頭道。

「也就是說，美緒的父親是鼬鼠妖怪宗鐵，所以……？」彌助有些遲疑。

「沒錯，她的母親是人類。怎麼了？你不知道她的出身嗎？」千彌似乎覺得奇怪。

「我、我怎麼知道呀？妖怪父親來托兒，我當然以爲孩子也是妖怪啊！千哥，你怎麼會知道美緒是半妖呢？」彌助反問。

「我從她的氣味感覺到的。不過，那孩子的妖氣很輕，人類的氣味比較重，幾乎跟人類沒兩樣呢！」

彌助又嘆一口氣，才說：「美緒很生氣，說她不是妖怪同族，說自己是人類。」

「她大概從小以爲自己是人類，或是宗鐵這樣教她也不一定。你就讓她安靜一下吧……」

彌助不知該說什麼。結果，美緒一直到晚飯時間都不肯出來。彌助也不敢硬把她抓出來，只得捏幾個飯糰悄悄放進木箱裡。

不久，玉雪來了。玉雪白天是一隻巨大的白兔，晚上才變成白白胖胖的女人模樣。她的心地很善良，疼愛彌助的程度也不輸千彌。玉雪每天晚上都來報到，幫彌助照顧妖怪小孩。

聽完彌助轉述，玉雪才說她知道宗鐵和美緒的事，他們父女在妖怪界很有名：「宗鐵在路上遇見一個病倒的女人，把她治好了，卻因爲對她一見鍾情，再三追求，才擄獲那女人的心。」

「那個女人……她知道宗鐵是妖怪嗎？」彌助遲疑的問。

「好像是後來才知道的。」玉雪說。

當那個女人知道宗鐵的真實身分時，幾乎要發狂了。她愛上的男人居然不是人類，對她而言，就像落入地獄一般恐怖。

雖然如此，那個女人最後還是決定嫁給宗鐵。不過，她對宗鐵鄭重宣告，她要嫁的不是妖怪，而是人類，所以，宗鐵必須活得像個人類。她雖然愛宗鐵，卻不能接受他的妖怪身分。

彌助愣愣的看著玉雪，問：「所以，她要宗鐵一直扮成人類嗎？」

「是的，聽說宗鐵是這麼答應她的……不過那女人也挺辛苦，她既討厭妖怪，又愛著宗鐵，心裡一定很矛盾，不知該如何是好啊！」

「結果，她終究還是沒能接受啊……」彌助喃喃說。

「嗯，所以她努力要忘記宗鐵是妖怪的事實，也努力要自己相信嫁的是人類丈夫。」玉雪說。只是，法力大的妖怪有辦法完全變身，法力小的妖怪就沒辦法一直維持人形。宗鐵只好把自己的人生一分爲二，白天化作人類過日子，晚上才變回妖怪躲在黑暗當中。

對宗鐵而言，那樣的生活一定非常辛苦。可是，他本著對妻子深厚的愛情，堅持過下去。

不久後，他們生了一個女兒。從那時候起，宗鐵的妻子就愈來愈奇怪。她不停檢查女兒的身體，看她有沒有哪裡不對勁，哪裡跟人類不一樣。再後來，她變得很怕別人的眼光，無論晝夜都躲在房間，抱著嬰兒不放。

因此，宗鐵只好帶著妻兒，搬到深山沒有人煙的房子居住。

三人相依爲命的日子開始後，宗鐵的妻子慢慢有起色。不過，隨著女兒逐漸長大，母親的心病又開始犯了。她擔心不能把女兒養成人類，整天哭哭啼啼，光是對著宗鐵出氣。

最後，宗鐵的妻子熬不過心病，終究還是去世了。只留下宗鐵，和他們被當成人類養大的女兒。

「直到臨終前，宗鐵的妻子才告訴美緒，她的爸爸是妖怪。」玉雪說：「從那天以後，美緒就非常討厭宗鐵。唉，宗鐵也眞是可憐，他不但死了妻子，還被女兒排斥……」

聽到彌助嘆氣，千彌摸摸他的頭說：「所以，宗鐵才會把美緒託給彌助。因為你雖然是人類，卻經常和妖怪接觸。只要和你在一起，美緒也會逐漸接受妖怪。宗鐵大概是這麼想吧？」

「嗯，大概是吧！」彌助點點頭，又望向木箱。

美緒原來是個半妖。當她知道自己身上流著一半妖怪的血，一定非常驚恐。美緒就是從那時候開始，把自己的心靈封閉起來的吧。她臉上一直戴著面具，也是因爲討厭自己，不想讓別人看見她吧。不過，只要讓美緒重新打開心扉，她說不定會自己拿下面具。到時候，她就能跟父親和解了。彌助暗自想，他一定要對美緒溫柔一點。

3 甜酒：原名「甘酒」，一種米麴發酵飲料，不含酒精，通常呈乳白色，是日本傳統的營養補身食品。

4

夢話貓失蹤事件

美緒暫住在彌助家，已經過了半個月。在這期間，她離家出走了好幾次。每當有妖怪來托兒，她就立刻跳進木箱躲起來，第二天早上，便像賭氣似的離家出走。

不過，美緒不會走很遠。她有時候去長屋街附近的古寺，有時候藏在幽暗的小巷道裡。總之，她會停留在某個地方。

後來，彌助搞懂了。美緒並不是真想逃家，她其實希望彌助來找

她，所以故意離家出走。事實上，只要彌助找到她，她就顯得很高興。

「美緒大概把跟我捉迷藏當成一種儀式，她想用離家出走的方法，證明自己不是被拋棄的孩子吧！」彌助想通以後，每當找到美緒，他就會溫柔的說：「我找妳找得好辛苦啊！」

大概是彌助的耐心奏功，美緒離家的次數逐漸減少了。不過，每當有妖怪上門，她還是一溜煙躲進木箱裡。就連每天晚上來報到的玉雪，美緒也對她不理不睬。

彌助有點看不過去，玉雪卻緩頰道：「我看美緒怕的不是妖怪，而是自己身上的妖怪血統啊！」

玉雪猜測，美緒因爲是半妖，擔心自己一旦和妖怪親近，身上的妖氣就會覺醒，變成跟人類不一樣的生物。由於打從心底害怕，所以她極力和妖怪保持距離。

玉雪擔心的看著美緒，悄聲說：「她不知道自己屬於哪一邊，因爲既是人類又是妖怪……美緒現在大概找不到歸屬感吧！」

「哦……要換成是我，既是人類又是妖怪的話，不就可以兩邊通吃嗎？」彌助偏著頭說。

「我就喜歡樂天的彌助啊！」玉雪笑道，把彌助逗得臉都紅了。

他們倆都認爲，對美緒要有耐心，等待時間慢慢改變她。

沒一會兒，又有妖怪上門了。

「晚安！你就是幫妖怪托兒的彌助嗎？」低頭行禮的是一隻黑白相間的大花貓。她的身材苗條，用兩隻後腳直直站著，頭上裹著一條紅色的頭巾，動作靈活，姿態看起來挺嫵媚。

「嗯，我就是彌助。請問妳是……貓怪嗎？」彌助問。

「不不，我是夢話貓。」那隻貓說。

「夢話貓？」彌助完全沒聽過。

「是的，我們會附在睡著的人類身上，讓他們說夢話，再把夢話吃掉。你要是看見常說夢話的人，十之八九是被夢話貓附身。」那隻貓解釋道。

「喔，原來除了招財貓，還有夢話貓呢！那麼妳是來托兒的嗎？」彌助笑著問。

夢話貓聽了，就把頭上的紅巾解下來，從裡頭取出一個小東西，說：「這是我家的老么。」

「哇，好可愛！」彌助驚嘆。玉雪探頭來瞧，也忍不住輕呼：「哎喲！」微笑起來。

只見夢話貓的掌心裡，蜷著一隻好小好小的貓，黑白參差的斑點和蓋著小紅布的模樣，跟母貓就像一個模子刻出來似的。不過，小貓才只有一顆梅子那麼大。

「我家小貓叫做丸藻。我現在有事得出遠

門，可是丸藻還這麼小，我不敢讓他獨自附在人類身上，放著他看家，他又會餓肚子。所以我把丸藻帶來這裡，這裡有他的食物，我也就安心了！」夢話貓說。

彌助正陶醉的看著丸藻，忽然理解夢話貓的意思，瞬間回神：「妳是說，要我說夢話，再給丸藻吃嗎？」

「是啊，你一點就通，真是太好了！」夢話貓笑咪咪的說：「拜託彌助給丸藻依附三天，他不會讓你疼痛或勞累，請儘管放心。只是，你睡覺的時候會常說夢話就是了。」

「這個嘛……」彌助交叉雙臂，尋思該怎麼辦。千彌立刻插嘴：「彌助，你要是不喜歡就拒絕，沒有人能強迫你喔！夢話貓，妳把孩子帶回去吧！」

「唉呀，不要這麼無情嘛！拜託拜託啦！」夢話貓急道。

「彌助不願意就是不願意，妳死了心吧！」千彌斬釘截鐵的說。

「千、千哥，你冷靜點，我沒說不願意啊！」彌助一邊安撫千彌，一邊看著丸藻。他心底知道小貓無害，卻對「依附」兩個字有點害怕。不過，讓這麼幼小的貓餓肚子，感覺好像更殘忍。最後，彌助還是點頭了：「好啦，就讓他附在我身上吧！」

「太感謝了！那麼我就失敬了。」夢話貓鬆一口氣，把小貓擱到彌助肩膀上：「這樣就行，你不需要特別照顧他，只要照常過日子就可以了。」

「知、知道了！」彌助只得點頭。

「那麼我就告辭了！拜託拜託！」夢話貓再三行禮，便離開了。

她走了以後，彌助朝木箱喊道：「喂，美緒，妳聽到了吧？這隻夢話小貓要寄放在這裡三天呢！」

美緒不答話。

「妳總不能待在箱子裡三天啊！快出來看，丸藻長得好可愛喔！」彌助試著勸她。

美緒終於出來了，她一見到彌助肩膀上的丸藻，喉嚨裡「咕嚕」一聲，似乎是要說「好可愛」，卻硬吞回去了。然後，她就裝作不感興趣的樣子，卻又忍不住直往這邊偷看。

彌助一邊忍笑，一邊開始鋪棉被。也許是因爲丸藻附在身上的緣故，睡意突然濃了起來。

直到睡前，千彌還在不停抱怨：「我是爲了彌助好，才幫他說話。

他卻老是叫我冷靜點，叫我不要管，好像嫌我愛嘮叨。從前彌助最聽話了，無論我說什麼他都說好……」

「唉呀，彌助長大了嘛！他不是變得很勇敢負責嗎？」玉雪在旁邊勸慰，千彌卻不理她，繼續一個人自言自語。

彌助聽著千彌嘮嘮叨叨，像聽催眠曲一般，不一會兒就睡著了。

第二天早晨，彌助在一陣燒焦味中醒來。

他匆匆下床，只見千彌在廚房裡走來走去。

「啊，你起來了？」千彌說。

「千、千哥，你在幹什麼啊？」彌助慌張道。

「幹什麼？我在準備早飯啊！今天難得讓我下廚做做看！」千彌

笑呵呵的說。

「啊！」彌助忍不住哀嚎：「爲什麼突然……做飯是我的工作呀！」

「嗯，你每天早起給我做飯，偶爾也讓我回報一下。你在那邊坐一會兒，味噌湯馬上就好了！」千彌興致勃勃的說。

千彌的味噌湯，就是那鍋滾著泡泡像地獄油鍋般的東西嗎？旁邊那一盤茶色的黏糊，又是什麼……？彌助嚇得不敢問。

可是，千彌卻心情愉快的哼著小調，一邊攪拌鍋裡的東西。

到底是怎麼了？彌助呆若木雞，卻聽身旁「噗哧」一聲。他轉頭一看，只見美緒抖動著瘦小的肩膀，似乎是在笑。

「喂，有什麼好笑的？」彌助問。

「呵呵，彌助好會說夢話呀！你一直說，千哥，我好喜歡你喔！」美緒笑著說。

「妳不要亂講！」彌助急忙否認。

「我沒騙你，你說得好大聲，還說很多次呢！」美緒不放過他。

彌助的臉直紅到耳根。他終於明白，夢話原來是這樣的。平時不敢說出口的話，在夢裡就大方說出來了。同時，千彌為什麼心情特好，答案也很明顯了。聽到這種夢話，他一定高興得不得了，連早飯都想親自動手做。

彌助哭喪著臉，往自己的肩膀看去。丸藻正舒服的閉著眼睛打瞌睡，他的毛色比昨天更亮，身體好像也胖了一點。

「你這小傢伙，對我做了什麼？喂，美緒妳不要笑，等一下就換妳吃苦頭了！」彌助無可奈何的威嚇美緒。

果然，當千彌把早飯端出來時，美緒馬上笑不出來了。烤得焦黑的魚、煮得糊爛的米飯、不成形又甜得可怕的煎蛋捲，還有煮得青菜都融掉的味噌湯……。

美緒只用筷子夾一點煎蛋捲，說了一句：「我不餓！」然後就跑了。但是彌助可不行，眼見千彌笑咪咪的樣子，他怎麼都說不出「難吃」兩個字。

他一邊在心裡哀叫，一邊忍耐著把自己那一份吃完。但是，這樣下去可不行。明天要是千彌又做早飯，他的胃大概要破掉了！

千彌出門去幫人按摩後，彌助就把丸藻抓下來，一把塞進美緒懷裡：「換妳照顧他了！」他按著開始發痛的肚子，懇求道：「拜託，我不行了！讓千、千哥高興是多麼恐怖的事，妳也知道了吧？今天和明天晚上，就換妳跟丸藻睡了！」

「不、我不要！」美緒大叫。

「拜託啦！哇，我、我不行了！」彌助再也忍耐不住，衝去外頭上廁所。

彌助蹲了好一陣廁所，肚子總算不再痛了。但是，當他搖搖晃晃的走回屋裡，卻發現美緒不見了。

「又來了！」想必美緒是不高興彌助把丸藻推給她，就離家出走了。不過丸藻也不見了，顯然美緒有把他帶在身上。美緒大概不放心單獨丟下丸藻，不知道她究竟是任性，還是有愛心啊？彌助搔著頭，出門尋找美緒。

最近美緒逃家的地點多半很固定，上次是躲在街尾的小巷裡，今天應該是藏到古寺的後院了。彌助暗忖，便往古寺方向走去。

果然，美緒正蹲在那裡，自己挖著地洞玩。

「美緒，我來接妳啦！」彌助喊道。美緒一聽就站起來，不過她的樣子跟平時不太一樣，平時只要彌助一叫，美緒就會高興的跑過來，今天她卻有點心虛似的，一副想要逃跑的樣子。

彌助正覺得有點奇怪，卻忽然發現丸藻不在。一瞬間，他嚇得臉都白了！他抓住美緒肩膀，激動的嚷道：「丸藻在哪裡？妳不是跟、跟他在一起嗎？」

美緒低垂著頭，好不容易擠出聲音說：「有一個姊姊來了。」

「姊姊？」彌助不懂。

「嗯，一個好漂亮的姊姊，穿著美麗的和服，身上也很香。」美緒小聲道。

美緒說，那個姊姊看見她手上的丸藻，就說：「這不是夢話貓嗎？」又說：「咦，像妳這樣的孩子，怎麼會有這麼稀奇的寵物呢……？對了，這隻夢話貓可不可以借我一天？我明天一定帶來還妳。」

美緒說她禁不起那姊姊懇求，只好把丸藻借給她了。「還有，丸藻是自己跳到那姊姊手上的！所以，我以爲沒問題……」美緒辯解道。

「怎麼會沒問題？」彌助忍不住怒吼：「妳怎麼能做這種事？怎麼能把丸藻交給不認識的人！妳就那麼討厭妖怪嗎？那麼恨妖怪嗎？」

「對……對不起啦！」美緒雖然戴著面具，卻止不住大哭起來。

「哭也沒用！」彌助冷冷的說：「那個人叫什麼？她住在哪裡？妳問了嗎？」

美緒答不出來。

「那麼，我們只能等她把丸藻還回來，也沒別的辦法了！」彌助氣得發抖。

「彌助，對、對不起，對不起啦！」美緒哭著道歉。

「不要哭啦……在丸藻平安回來以前，我都不要跟妳說話了！」

彌助抓起美緒的手，牽她回家。那一整天，他都不再理會美緒。美緒大概受到刺激，一邊啜泣一邊打開木箱，躲到裡頭去了。

千彌知道以後，問：「那你打算怎麼辦？」

「沒怎麼辦，反正明天我先去那寺院，要是丸藻沒回來……我就拜託玉雪去報告妖怪奉行所，請他們幫忙找失蹤的小貓。」彌助皺眉道。

「月夜王公大概又要說風涼話了！」千彌說。

「那也沒辦法啊！本來就是我不對，我不該讓丸藻離開身邊的。」彌助懊惱的說。

接下來的整個晚上他根本睡不著，天一亮，就準備出門。這時，美緒悄悄從木箱裡爬出來，怯怯的問：「你要出去了？」

「是啊……」彌助沒好氣的說。

「我、我一起去。」美緒小聲說。

「不用啦！我自己去，妳待在家。」彌助說完，就頭也不回出門了。他滿腦子只想著丸藻，只要丸藻沒事就好，彌助不停在心裡祈禱。

當他到寺院的時候，四下無人，當然也沒看到丸藻。彌助只好坐在樹蔭下，痴痴的等。除了等待，也沒別的法子。

太陽緩緩上升，天氣也漸漸熱了起來。彌助正後悔沒帶水筒和便當，卻聽到有人爬上石階，接著一位姑娘走進寺院裡。

那姑娘大約十六、七歲，是個誰都會回頭再看一眼的美人。她插著淺紫色的髮簪，身穿淡藍色底繡著白色睡蓮的和服，看起來非常相襯。她的容貌有如花朵一般惹人憐愛，雖然像是初開的櫻花，卻在稚氣中隱含成熟的丰采。

那姑娘一見到彌助，就愣住了。彌助也張著口，發不出聲音。雖然眼前這位姑娘的年齡和穿著都改變了，但是那美麗的容貌，卻依然令他難忘。

「妳是、華蛇族的公主……」彌助好不容易才擠出話來。

「你是妖怪托顧所的彌助！」那姑娘說。

兩人相對呆站，好一會兒都不知道該說什麼。

彌助雖然腦中混亂，還是盯著那姑娘看。他的確見過她一次。她是華蛇族的初音公主，那個闖上門叫千彌娶她的妖怪。

那時候，初音公主被千彌厲聲教訓一頓，哭著逃回去了。現在她爲什麼又來這裡？是要再來糾纏千彌嗎？想到這裡，彌助不禁往後退一步，卻聽初音輕輕嘆了口氣：「原來如此，是這麼回事。我想這種地方怎麼會出現夢話貓的小孩，原來是被寄託在彌助家啊！」

初音說完，就從寬大的和服袖子裡，把丸藻取出來。

「丸藻！」彌助大叫。原來，美緒是把丸藻借給初音。

雖然不明就裡，彌助還是趕緊接過丸藻。丸藻看起來毛色更光亮了！

「你這小傢伙……一定又吃了一大堆夢話啊！」彌助無奈的說，卻見初音笑了起來：「是啊！昨晚我讓他說了一大堆夢話，這夢話貓一定吃得飽嘟嘟。」

「妳讓誰說夢話呀？」彌助好奇的問。

「我的心上人啊！」初音的臉微微泛紅，說：「他是個人類，也知道我是個妖怪。他對我很溫柔，可是……怎麼好像都不把我當戀人看呢？」初音說她為此感到不滿和不安：「說不定他不喜歡有妖怪在身邊，如此一來，我就不得不放棄他，回去妖怪界了。只是，我一直都下不定決心，想知道他到底怎麼看待我……所以我就讓夢話貓依附他，把他心底的話套出來。」

「那個人……他說了什麼？」彌助忍不住繼續問。

「唉呀，這可不能說。不過……我終於知道他在想什麼了。我打算再留在他身邊一陣子，努力看看。」初音輕輕笑起來，她的笑容無比美麗。

「我一直想再去找你，因爲我上次太沒禮貌了！那時候我既天真無知又任性，現在我才理解白嵐說的話是對的。他教訓我的話，我都有牢牢記住喔！請你轉達白嵐好嗎？告訴他我打從心裡懺悔。」初音不好意思的說。

「不、不用啦！」彌助趕緊說。

「那就謝謝你了，夢話貓還給你，我也該回去了。」初音說完，轉身要走。彌助叫住她：「初音公主！」

「怎麼了？」初音問。

「那個……祝、祝妳幸福啦！」彌助說。

初音微笑道謝，她的笑容像一朵盛開的花。彌助簡直看呆了，直到初音走了好一會兒，他都站在原地。半晌，彌助才回過神，對著手上的丸藻說：「那個不懂事的公主會變成這樣，真是教人不敢相信……到底是誰，讓她這麼相思相愛呢？」

彌助一邊想著，真希望能見到初音公主的心上人，一邊走回千彌和美緒等待他的長屋。

他一跨進家門，美緒就飛奔上前：「彌助！」

「我回來了！看吧，美緒，丸藻他沒事，活潑得很呢！」彌助說著，就把丸藻交給美緒，只見她小心翼翼的捧過去。這是她第一次主動觸摸小妖怪，面具底下傳出小小的啜泣聲。

「不要哭，已經沒事了！」彌助安慰她。

「太、太好了！我好怕、怕丸藻碰到什麼……」美緒哭著說。

「所以說，妳不要再隨便答應別人了！」彌助拍拍她的頭。

「嗯，嗯。」美緒拼命點頭。

「其實，這也是我不對。丸藻是他母親託給我的，我得保護他，不能硬塞給妳，抱歉喔！」彌助真誠的說。

美緒一聽，拼命搖頭：「不、彌助沒錯，是我不對，對不起啦！」

「好啦，不用再說了……不過有一點，妳可以告訴我嗎？妳是因爲不喜歡妖怪，才想把丸藻丟掉嗎？」彌助問。

「不、不、不是啦！」美緒用力搖頭，著急的說：「我沒有想過丟掉他！我、我很喜歡丸藻啊！」

「那是爲什麼呢？」彌助追問。

「因爲……彌助說要把丸藻附在我身上，我……我不想說夢話啦！」美緒支支吾吾的說。

彌助聽了，不知該怎麼回答。美緒流著淚，老實道：「我不想說的話，可能會說出來……我不想讓你們聽到……所以，就把丸藻借給那個姊姊一下……對不起、對不起啦！」

彌助恍然大悟，美緒並不是想把丸藻丟掉，也不是那麼討厭妖怪，她只是不願意讓別人知道她心裡在想什麼。

他輕輕撫摸美緒的頭，說：「我明白了！那麼這件事就到此爲止，好嗎？」

「嗯，那……你不生氣了？」美緒怯怯的問。

「我不生氣，不是跟妳說結束了嗎？」彌助篤定的說。

美緒像是放了心，低頭對丸藻說話：「抱歉喔！」

彌助覺得，他總算了解美緒的心理了。美緒原來是個誠實善良的孩子，又很怕寂寞。不過，她不想讓別人知道她在想什麼，所以把自己隱藏在面具後面。如果美緒被丸藻附上身，她會說什麼夢話呢？彌助感覺他有點猜得出來。

5

宗鐵的煩惱

令人驚訝的是，自從丸藻失蹤事件後，美緒似乎對彌助打開了心扉。她還是不肯把面具拿下來，卻一步都不離開彌助，像小鳥一樣不停的吱吱喳喳對他說話。彌助好吃驚，他不知道原來美緒這麼愛說話呢！

美緒的改變還不只如此，她很積極的要幫忙彌助，無論是洗碗、掃地或擦桌椅，只要彌助一動手，美緒馬上就說：「我也要做！」

彌助有點困惑：「妳算是客人，只要像以前一樣閒著就好喔！」

「不，我想幫你忙……其實我一開始就想幫忙，光坐在那裡好無聊，又覺得給彌助添麻煩。」美緒認真的說。

彌助想想，也許她說的沒錯。當自己看見千彌忙碌工作維持家計，肯定也不會袖手旁觀，什麼都不做。

「我懂了，那妳就來幫忙吧！」彌助點頭道。

「好！我什麼都可以做喔！」美緒高興的說。

美緒果然說到做到，無論彌助叫她做什麼，她都努力完成。即使是照顧小妖怪，美緒也開始願意幫忙。起初她好像有點害怕，不過馬上就適應了，還能手腳俐落的幫小妖怪換尿布。她的眼睛也很利，只要看到哪個小妖怪身體不對勁，立刻就向彌助報告，給彌助很大的助力。

「妳好能幹啊！眞希望妳一直留在這裡呢！」每當彌助這麼稱讚美緒，她便會馬上說：「好，我就留下來！」

她這麼認眞的答應，總會令彌助有點不安，只好說：「不過……妳還是得回家，妳爹會擔心的。」

「我管他……我才不管我爹呢！」美緒聽了卻大叫，然後就躲進木箱裡了。

這下難辦了，彌助搔著頭想。這時千彌悄悄靠近他。

「千哥，怎麼了？」彌助問。

「彌助，你不用說那麼多呀！」千彌說。

「什麼意思？」彌助不解。

「就是說，你不用叫她留下來呀！如果你需要幫忙，我什麼都可以做。爲什麼你不找我，卻老是叫那孩子呢？」千彌有點不滿。

「這個嘛……」彌助說不出口的是，因爲小妖怪都很怕千彌，不可能要他幫忙。他只得說：「叫千哥幫忙，好像在差遣小嘍囉一樣，我不喜歡啦！」

「你怎麼差遣我都沒關係啊！」千彌又說。

「我有關係啦！你是我這麼敬愛的千哥，我怎麼能指使你呢？」

彌助只好說。

千彌聽了，登時綻開笑容：「原來如此，那我就跟以前一樣，靜靜待在你旁邊就好了！彌助不喜歡的事，我也不能勉強。」

千彌高興的哼起歌來，彌助見了，不禁搖頭苦笑。

美緒雖然改變不少，但好像還是不想見她父親。另一方面，宗鐵也沒有再出現，不知道他是怎麼看待女兒的？

「該不會宗鐵打算把女兒一直放在這裡吧？」彌助開始感到不安。

這時，廚房的爐灶傳來劈劈啪啪的聲音，他趕緊過去查看。

只見灶裡燃起豔紅的火焰，顏色十分奇異。彌助記得早晨煮過飯後，明明有把火熄滅啊！

就在他摸不著頭緒的時候，火焰卻開始搖晃，接著從裡頭竄出一隻火鳥。那是一隻狀似雉雞的大鳥，頭冠燃燒著烈焰，全身羽毛呈金黃色，到處迸發著火花。

「火鳥！」彌助大叫。

「好久不見，彌助小弟。」火鳥在火焰中對他打招呼：「你的氣色挺好啊！」

「嗯，託您的福一切平安。可、可是怎麼了？為什麼忽然從我家爐灶冒出來呢？」彌助問。

「我只是施一點小法術，從火裡發出聲音罷了。我想把孫子們寄託給你，可以嗎？」火鳥說。

「是可以……三個都來嗎？」彌助有點遲疑。

「是啊！」火鳥答。

「他們比以前更會吃嗎？」彌助擔心的問。

「當然啦！」火鳥說。

彌助聽了臉色大變，火鳥卻自顧自預告今晚孫子們要來，接著就消失不見了。

「糟了糟了！千哥，我現在要去古今堂借東西。你可不可以去幫我買木炭？」彌助愈想愈不得了，緊張的對千彌說。

「可以啊，要多少？」千彌問。

「那幾隻幼鳥胃口好大，你能買多少，就買多少吧！」彌助大聲說完，就像一陣風般跑出去了。

彌助出門後，美緒慌忙從箱子裡爬出來。她大概沒想到會被彌助丟在家裡，怯生生的盯著千彌。只聽千彌淡淡的說：「彌助去道具店借火爐和火鉗，因爲今晚火鳥的三隻雛鳥要來。」

「啊……？」美緒一聽，便急著要穿鞋出門。千彌問她：「妳去哪裡？」

「我、我去給彌助幫忙！」美緒說。

「那還不如來幫我。」千彌說。

「咦？」美緒愣了愣。

「妳剛才也聽到了吧？我現在得去買木炭，愈多愈好。妳要是來幫忙，我就可以拿多一點。」千彌說。

美緒不說話。

「妳要是幫我忙，彌助也會高興喔！」千彌補充道。

美緒猶豫一下，還是點頭了：「我跟你去……」

「那好，我們走吧！」千彌說。當然，他並不是眞想要美緒幫忙，只是不想讓美緒老是纏著彌助，所以才出此下策。千彌完全沒想到自己是在跟小孩計較，得意的帶著美緒出門了。

彌助十萬火急的跑到古今堂，少老闆宗太郎聽了他的要求，笑道：「你在這個季節，又要借奇怪的東西啊？」說著便拿出一個小火爐和兩根火鉗給彌助。

借來的火爐雖然小，還是挺有重量。彌助一路扛回家，手臂好痠，不得不停下來休息幾次。

當他第四次停下的時候，聽到有人叫他：「彌助！」

「咦？」彌助四處張望，卻不見人影。

「在這兒！」他循聲看去，才發現茂密的草叢裡，一個男人探出頭來，正向他招手。

他嚇了一跳，原來那人正是美緒的父親宗鐵。

「宗、宗鐵先生？」彌助趕緊過去，只見宗鐵低頭行禮道：「彌助，好久不見了！」他還是一副文質彬彬的樣子，只是表情依然沉鬱。

彌助忍不住責備宗鐵：「你怎麼一直都沒來，也沒有任何聯絡啊？」

「實在對不起，我是很想去，只是，我女兒恐怕會不高興……」宗鐵說。

彌助沉默不語。

「不過，我一直都在偷看你們。每當我女兒逃家的時候，你就會去把她帶回來。」宗鐵說。

「你眞的一直在看嗎？」彌助無奈道。

「當然，美緒是我唯一的寶貝女兒啊！」宗鐵寂寞的微笑道。彌助想安慰他，便開始說起美緒的近況：「美緒她……你也有看到吧？她過得挺好，飯吃得多，最近也常幫我做事。」

「是嗎？真的真的，美緒從小就喜歡給我和她娘幫忙，她的手腳很靈活，應該對你有幫助吧？」宗鐵高興的說。

「是啊，她幫小妖怪換尿布，比我還順手呢！」彌助說。

「真的，真的是這樣啊！」宗鐵興奮的點頭，嘴角卻歪了一下，似乎很遺憾不能見到女兒勤奮的身影。

「宗鐵先生，你就……跟我回去看看美緒好嗎？」彌助提議。

「我女兒……她有說想見我嗎？她會想念我嗎？」宗鐵猶豫道。

彌助無法回答。

「那就不行了。我當然很想見女兒，但是還不到時候。如果我現在去看美緒，她一定不肯見我。只要她不想見我，我就不能去找她啊！」宗鐵勉強說完，就紅了眼眶。彌助也不知該說什麼，兩人就僵在那裡，空氣頓時沉重起來。

忽然，宗鐵像是想起什麼，抬起頭說：「對了，可以拜託你一件事嗎？」

「什麼事？」彌助問。

只見宗鐵從懷裡掏出一塊折得小小的布，遞給彌助。那塊布看上去像是用許多碎布拼起來的。「請你把這個交給美緒，不要說是我給的。」宗鐵說。

「可以是可以啦，不過這是什麼呀？」彌助好奇的問。

「一個袋子。」宗鐵簡短的回答。

「袋子？」彌助疑惑的攤開手裡的布。那真的是個袋子，用五顏六色的碎布縫合而成，非常的大，若彌助蜷縮著身體，似乎也能躲進去。

「這是我用美緒她娘留下的衣服拼起來的……鼬鼠妖怪只要躲進袋子或狹窄的地方，就會感到安心。女兒像到我，經常躲進我裝藥草的袋子裡玩。我太太並不喜歡她這麼做，不過……還是請你拿給她好嗎？」宗鐵不太好意思的說。

彌助再三保證一定會交給美緒，宗鐵才放心的笑了。「謝謝你……不過，你看起來臉色不太好，又比上次見面時瘦了一點……你哪裡不舒服嗎？」宗鐵關心的問。

「呃……我是、前幾天吃了不好消化的東西，肚子就一直不太舒服……」彌助支支吾吾，不敢說是吃了千彌做的菜才這樣。

宗鐵一聽，卻正色道：「那可不行！要是小看消化不良，可能會出大問題……讓我看一下好嗎？我算是個小醫生。」

「咦，眞的啊？」彌助有些遲疑。

「是的。你就躺在那邊草地上吧，快點快點！」宗鐵不由分說，就把彌助按到草地上躺著。

他將彌助的腹部到肩膀，再到脖子周圍，都仔細摸了一遍，最後才嘆口氣說：「唉呀，你的胃很虛弱，血行也不良。你不能因爲怕浪費，勉強吃傷身的食物，這樣會變成大問題喔！」

「我會小心的。」彌助只好說。

「知道就好。那麼，我幫你扎幾針吧？」宗鐵又說。

「哇！針灸的針？不要不要！這點小問題不用針也會自然好的。」彌助驚慌拒絕。

「不行！」宗鐵伸手壓住嚇得跳起來的彌助，沉聲喝道：「不要掙扎……你要是亂動，我可能會戳到不該戳的地方，那你就會一直拉肚子喔！你不怕嗎？」

彌助不敢出聲了。

「好，你先趴著。」宗鐵命令道。彌助欲哭無淚，只好乖乖聽令。他感覺宗鐵的手指在自己脖子周圍按壓，似乎一邊按摩一邊找穴道。

當宗鐵準備完畢即將開始，彌助趕緊閉上眼睛。就在那一瞬間，他看見一個黑影倒映在身旁的地上，那是宗鐵的影子，但是輪廓很奇怪，不是人影而是獸影。那影子的身形細細長長，有一個小小的頭和短短的手臂。

是鼬鼠！彌助心裡有數。記得宗鐵曾經自稱是「鼬鼠妖怪」，只是他一直都化作人形，彌助幾乎快忘了他是妖怪。這麼看來，妖怪的影子大概不會隨著外形改變，所以這個影子應該是宗鐵原來的樣子。

就在彌助東想西想的當兒，忽然感覺脖子一麻，但是並不痛，就像被木棒輕輕碰一下似的。

「好了，你可以起來了！」宗鐵說。

「咦？已經好了？」彌助驚訝道。

「是啊，你會覺得輕鬆很多喔！」宗鐵答道。

「謝、多謝。」彌助趕緊爬起來道謝。確實，他疲憊的身體似乎放鬆一點了。顯然宗鐵是個技術很好的醫生。

「我不知道妖怪也有醫生啊！」彌助笑說。

「妖怪既然有托顧所，有醫生也不奇怪吧？」宗鐵也笑道。

「說的也是啊，謝謝你。那麼我回去了，我會把布袋交給美緒。」彌助說罷，扛起火爐，宗鐵見狀，便問：「很重嗎？」

「嗯，今晚火鳥要把他的雛鳥寄放在我家，非得準備火爐不可啊！」彌助說。

「那可眞是辛苦了……這樣吧，我幫你提到家附近，小事一樁。」宗鐵說完，就單手把彌助腳邊的火爐拎起來，彷彿在端飯碗那般輕鬆，令彌助看得目瞪口呆。

「哇，你好有力氣，眞看不出來！」彌助嘆道。

「嗯，現在還是白天，只能這樣。到了晚上，我就能舉十倍的重量，一點都不費力呢！」宗鐵輕鬆的說。

「好厲害！」彌助羨慕道。他不由得想，美緒是不是也遺傳了宗鐵的力氣呢？

就這樣，宗鐵一路幫彌助拎著火爐。快到長屋的時候，他就告辭了，彌助也沒有留他。他知道萬一碰到美緒，會令宗鐵難堪。

「謝謝你幫了我大忙！」彌助眞心感激。

「哪裡哪裡，美緒就拜託你了！」宗鐵低頭行禮。

「好的，我一定盡力照顧她。」彌助保證。

「多謝！」宗鐵帶著悲傷的微笑，立刻就消失了。

那天晚上，彌助真是忙昏了頭。被託顧的三隻小火鳥，不停的討東西吃。他們吃的可不是米飯或魚肉，而是燒得焦紅的木炭，喀嗤喀嗤不停吞進肚子裡。

彌助和美緒不停用火鉗夾木炭，一個個丟進雛鳥們的嘴

裡，片刻都不得休息。因爲火爐燒個不停，屋子也愈來愈熱，簡直像待在滾燙的熱鍋裡。

「再來一口、再來一口！」雛鳥們大叫。

「知道啦！等一下啦！」彌助也大叫。

「等不及了！趕快啊！」雛鳥們毫不客氣。

「囉嗦！沒看到我在拼命嗎！」彌助火冒三丈。

「快、快、快點啦！」雛鳥們還是吵個沒完。

「眞要命！你們忍耐一下不行嗎？」彌助一邊流大汗，一邊對雛鳥們嘶吼。美緒的手腳和衣服也溼透了，只有千彌還是一副清涼的樣子，不時給他們的火爐加炭。

好不容易捱到了早晨，小火鳥們終於回去，彌助和美緒都累得筋疲力盡。

「彌助，你不要緊嗎？整晚工作都沒睡，一定累壞了吧？早點去休息，不過得先擦乾身體，才不會著涼喔！我幫你擦吧？」千彌關心的說。

「不用啦，我自己會擦。美緒，妳也得擦一擦！」彌助去打了溼布巾，先幫美緒擦乾手腳，再擦自己的身體。

這時，他才發現懷裡塞的布袋。那是宗鐵託給他的袋子，因爲被小火鳥搞得頭昏腦脹，他完全忘記了。

彌助覺得不好意思，趕緊把布袋掏出來，對美緒說：「妳把手伸出來。」

「咦？」美緒覺得奇怪。

「快伸出來啦！」彌助催促。美緒偏著頭伸出小手，彌助把布袋放在她手上，說：「美緒整個晚上都很努力，這是給妳的獎賞。」

美緒聽了很高興，就把布袋攤開。當她見到布袋上的碎布花紋，不禁倒吸一口氣，小聲問：「這是……？」

「哦，有什麼問題嗎？」彌助裝作不懂。

「不……沒什麼，謝謝彌助！」美緒說完，就抱緊布袋，把小臉埋進去。

彌助假裝沒看見，開始幫美緒鋪棉被。這時，只聽千彌說：「彌助，你自己沒有獎賞？你也非常努力啊！」

「沒關係，我不用啦！」彌助隨口應道。

「不行！那麼輪到我給你獎賞。對了，今天我幫你做晚飯吧！」

千彌高興的說。

「不、不、就只有做飯萬萬不行啊！」彌助大聲哀嚎起來。

6

新的面具

第二天晚上玉雪來了，彌助告訴她昨晚整夜伺候小火鳥的事。

「唉呀，可眞辛苦你了！」玉雪同情的說。

「嗯，是很辛苦啦。不過更辛苦的是小火鳥回去以後，千哥堅持要慰勞我……還好最後決定要他請我吃鰻魚吃到飽。」彌助苦笑。

「那不是太好了嗎？你不是很喜歡吃鰻魚嗎？」玉雪笑道。

「喜歡是喜歡，不過千哥好像太寵我了……」彌助說。

「那有什麼關係！對了，千彌和美緒呢？」玉雪問。

「千哥又被久藏拖出去喝酒，美緒就在那裡啊！」彌助指了指房間角落的大布袋。

「那是……宗鐵做的袋子嗎？」玉雪頓了一下，才問。

「嗯，美緒好喜歡那袋子，今天一整天都待在裡頭，現在大概睡著了。昨晚實在太累，也辛苦她了，三隻小火鳥吃個沒完哪！」彌助說。

玉雪聽了，咬咬嘴唇說：「眞後悔哪，我要是昨天有來，也能幫上一點忙。對不起，這麼重要的時候，我卻不在。」

「沒關係啦！對了，妳最近都去哪裡了？」彌助好奇的問。

「我回去從小長大的故鄉，那裡選出了新的山王，我是去道賀的。」玉雪說。

「哦，那麼妳見到山王了嗎？」彌助又問。

「拜見了，他是一匹非常俊美的白鹿，有一對雄偉的大角，一定能堅守崗位守護山林吧！」玉雪神往的說。

聽著玉雪的描述，彌助也想像起那匹俊美的白鹿，他有一對雄偉的大角和潔淨的白毛，還有優美的長頸和矯健的四肢……。

「唉呀，我忘了重要的事！」玉雪忽然驚叫，把彌助從想像的世界拉了回來。

「什麼事？怎麼了？」彌助趕緊問。

「我老是忘記重要的事！舔鏽妖怪跟我說，四天後的晚上，她要把小孩帶來托兒。」玉雪說。

「舔鏽妖怪？沒聽過，是什麼樣的妖怪啊？」彌助問。

「就如她的名字一般，是專門舔鏽斑的妖怪。她只想托兒一個晚上，不過她的孩子還小，希望能餵寶寶好一點的鏽。」玉雪說。

「好一點的鏽……是什麼啊？鏽斑還有分好壞嗎？」彌助一臉茫然。

「聽說是有。」玉雪認真的點點頭：「據說純銀和玉鋼4的鏽品質非常好，像是銀頭簪或刀劍用的那種。如果沒有那麼好的鏽，小妖怪吃了可能會瀉肚子。」

「頭簪或刀劍嗎？那只好明天去古今堂找了。不過這樣下去，宗太郎可真要懷疑我在幹什麼了！」彌助煩惱的說。

「你可以拜託十郎呀！」玉雪忽然提議。

「十郎？妳是說那個媒人公？」彌助遲疑道。

「是的，他是幫人類跟付喪神結緣的仲介商人，一定有很多古物的消息。你要是開口，他應該會幫忙吧？」玉雪興奮的說。

「的確，那就拜託他看看吧……玉雪姊，妳可以去幫我找十郎嗎？」彌助問道。

「好啊，我這就去。」玉雪馬上出門，才過片刻，便回來了。

「我見到十郎了，他說很高興能幫上忙，要你明天中午到室町三丁目的百蓮堂佛具店找他。」

「室町？那麼高級的商店街？十郎眞是個難以捉摸的妖怪。總之我明天就去找他，謝謝玉雪姊！」雖然疑惑，彌助還是答應了下來。

第二天，彌助就帶著美緒，往室町三丁目去了。

室町三丁目位在江戶最繁華的日本橋一帶，沿街都是著名的店家，路上來來往往的盡是身分高貴的武士和僧侶，還有穿著考究的富商和結著流行髮髻的貴婦人。面對這一片繁榮景象，彌助不禁有點膽怯，倒是美緒看起來興奮得不得了。她大概第一次到這麼熱鬧的地方，一不小心恐怕會走丟，彌助只能抓緊她的手，絲毫不敢放開。

終於，他倆找到十郎說的佛具店。那是一間小巧的店面，門前「百蓮堂」的招牌很有風格。一靠近店門口掛的暖簾，裡頭就飄來一陣香火的芬芳。

十郎究竟來了沒有？他們可以進去嗎？彌助正猶豫間，有人從背後拍拍他的肩膀。他轉頭一看，只見眼前背著大包袱、面容和善的男人，正是媒人公十郎。

「十郎！」他高興的喊道。

「呵呵，好久不見了！彌助。妳就是美緒嗎？我聽玉雪說過妳的事。我叫做十郎，請多指教。那麼我們就進去吧，那位主人應該也等好一會兒了。」

彌助還搞不清楚狀況，就被十郎半推半拉，一起穿過暖簾，進入百蓮堂。

百蓮堂裡很安靜，有點陰暗的店內到處立著氣派的佛壇，還有大大小小的佛像和鑲著金箔的蓮花飾物等等。

一位像是掌櫃的男人，馬上發現了他們。他一見是十郎，便露出笑容：「十郎老爺，好久不見了！老闆娘正在等您呢！請裡邊坐。」

「感謝，那麼就不客氣了。請不用帶路，這兒我很熟，自己會走。」十郎說完，就領著彌助二人進到店深處，穿過走廊再上二樓。那裡大概是百蓮堂夥計們的起居場所，跟店內不同，很有生活味。

來到一個房間門口，十郎停下腳步說：「失禮了，志麻夫人，我是十郎。」

話音剛落，紙門背後傳來回話：「我等好久了，請進來吧！」

十郎拉開紙門，眼前出現一個很精緻的房間，充滿女性美的氣氛，花瓶裡插的應時鮮花也很美麗。

在那房間角落，坐著一個女人，看上去年約五十，有張光潤的臉龐和俐落的輪廓，眼神炯炯發亮，顯得意志堅定。她身穿淺茶帶紫色的和服，繫著青綠色的腰帶，頭髮梳得整整齊齊，從頭到腳一點差錯都沒有。

唯一不太相稱的，是那女人頭上的髮簪。髮簪上掛著細細的銀鍊，銀鍊尾端垂下一隻翡翠做的小鳥，看起來像是年輕少女的飾物。

那女人見到十郎，微笑道：「十郎，你能來眞好。許久不見了，我很高興哪！」

十郎趕緊回答：「謝謝您。志麻夫人愈來愈美麗了，眞是光華四射啊！」

「謝謝誇獎，這種話最近很少聽到了，從前可是人人都捧我呢！」

志麻夫人說完應酬話，才轉頭看向彌助，問：「就是這孩子嗎？」

「是的。」十郎點頭。

「是嗎？比我想像的年輕很多啊……不過既然是十郎介紹的，應該不會錯吧？就交給你們了！」志麻夫人指指身旁的一口桐木箱，道：

「我叫人抬來這裡了。」

只見那個木箱約有一個坐墊那麼大，上頭用紫色的紐繩捆綁著。

「那麼，就容我拜見了。」十郎說罷，移近箱子，解開紐繩，再打開箱蓋。彌助和美緒也湊過去看。

箱子裡躺著許多刀鍔5，約莫二十個上下，每一只都仔細的放在厚棉布上，排列得很整齊。只可惜，刀鍔上頭滿是茶色的鏽斑。

「這些是先父蒐集的，他雖然是商人，卻不知爲什麼喜歡刀鍔。每次找到稀奇的樣式，就會樂不可支呢！」

大概是想起過世的父親，志麻夫人的神情顯得有些寂寞。她用細長的手指輕輕撫過那一排刀鍔，說：「我對刀鍔沒什麼興趣，只因爲是先父的遺物，才用心保存下來。可是……」她的表情忽然嚴厲起來：「我家媳婦竟然傷了它們！她擅自把刀鍔拿出去，潑了什麼驅邪水，當我發現的時候，已經長這麼一堆鏽斑了。我當然罵了媳婦一頓，可是她卻說要避邪，不得不這麼做。眞是個傻瓜，這些東西怎麼會附邪呢？要是眞的有邪，小翠也會第一個告訴我呀！」

見志麻夫人氣憤不已，十郎低聲安慰道：「我想您的媳婦大概沒有惡意，她不知道您有一個小翠，您沒告訴她吧？」

「當然沒有！無論如何，我都不會告訴她小翠的事，絕對不會！」志麻夫人滔滔說完，又瞥了彌助一眼，說：「十郎，這孩子知道你的來歷嗎？」

「知道。」十郎回答。

「那麼，我可以給他看小翠吧？小翠，你要說話嗎？」志麻夫人抬起頭說。

這時，忽然有個清脆的聲音回應道：「那我就開口吧！」接著，一隻藍綠色的小東西從夫人頭上飛下來。

那是一隻翠鳥，顏色鮮豔，還不如一顆栗子那麼大，牠看起來很快樂，繞著夫人周圍飛來飛去。

彌助瞪大眼睛，問十郎：「這是付喪神嗎？」

「是的，她是髮簪的付喪神，名叫小翠。小翠很喜歡說話，所以我把她介紹給寂寞的志麻夫人。果真如我所料，她們倆聲氣相通，非常要好呢！」十郎微笑說。

「還真得感謝十郎！」志麻夫人幽幽的說：「自從幾年前生了大

病，我就手腳虛弱，沒法走出房門。先夫很久以前就過世了，獨生兒子只會看媳婦臉色，跟我疏遠。要不是有小翠陪伴，我大概寂寞得要發狂了！」

「唉呀，不會的，夫人個性很堅強啊！」小翠用銀鈴般的聲音說。

「小翠，謝謝妳！可惜我沒妳想像的堅強，連管教媳婦都沒辦法，有失婆婆的尊嚴啊！」夫人嘆氣道。

接著，志麻夫人直視彌助，說：「我眼看先父的遺物被這麼糟蹋，覺得很難過。本來我想親手磨亮這些刀鍔，可是手指已經不靈活了，要是你能幫忙去掉鏽斑，那實在是感激不盡。這些刀鍔就交給你，請你用心擦亮它們喔！」

於是，彌助就收下夫人的一箱生鏽刀鍔。

有了這些鏽斑，舔鏽妖怪的孩子一定可以吃得飽嘟嘟吧！

他們向志麻夫人行禮告辭，就在三人要穿過店門口暖簾的時候，忽然聽到裡頭傳來尖聲叫喊。

「莫非那就是……」彌助欲言又止。

「沒錯，是這裡的少老闆娘歌江，也就是志麻夫人的媳婦。她的個性有點激烈，教人不敢領教……」十郎苦笑著壓低聲音說：「她是個凡事都往壞處想的人，如果出門賞櫻遇到下雨，就認爲是有人在詛咒她，要是梳頭的梳子斷了一截，就說是有什麼厄運附身了。她就是這麼難纏的個性。」

「可眞是煩人哪！」彌助悄悄說。

「確實呢，她到處買避邪的符咒，又招了詭異的神棍來店裡驅邪，把平靜的日子搞得雞犬不寧。志麻夫人對那媳婦忍無可忍，我才把小翠介紹給她。」十郎說。

「十郎做了好事啊！」彌助佩服道。

「我也覺得。」一直沒開口的美緒提高聲音說：「那個夫人需要小翠陪她呀！」

「謝謝你們，這樣我也很高興啊！」十郎愉快的笑起來。

三天後，舔鏽妖怪帶著她的孩子上門了。

舔鏽妖怪長得像一隻蜥蜴，身形彎曲，布滿黑得發亮的鱗片，長長的尾巴末端像蕨菜一般捲起來，手指腳趾比蜘蛛腳還長。她的孩子長得很可愛，眼睛和手腳只有一點點，鱗片像砂粒一樣細，是淡

淡的土黃色。

舔鏽妖怪離開後，小妖怪似乎想念母親，開始發出哀叫的聲音。不過當彌助拿出刀鍔時，他馬上抱過去，像舔糖果般貪心的吃了起來。不一會兒，鏽斑就一丁點也不剩了。

「太好了！我們家生鏽的菜刀和鐵鍋，也叫這個小妖怪幫忙舔乾淨吧！」彌助興沖沖說道。

「我覺得不行！」美緒立刻駁回。

「爲什麼？」彌助問。

「因爲家裡的菜刀不是好鐵做的，所以鏽斑也不好！」美緒說。

「可是……雖然是便宜菜刀，我請山姥姥磨過以後，現在變得很好切喔！」彌助不服氣的說。

「那跟鏽斑好不好沒關係呀！」美緒也不甘示弱。

「妳還挺嚴格嘛！」彌助只有苦笑。

總之，他們向志麻夫人借來的刀鍔上的鏽斑，讓舔鏽小妖怪吃得不亦樂乎。他把二十個刀鍔都舔得亮晶晶，像簇新的一樣，而且完全沒有拉肚子。

兩天後，彌助和美緒再度去百蓮堂，把刀鍔還給志麻夫人。看見清潔光亮的一箱刀鍔，夫人有多麼高興，就不用再形容了。

志麻夫人賞給彌助好多糕點，又問他：「你還想要什麼嗎？」彌助正想回答不必，忽然瞥見美緒正目不轉睛的盯著什麼東西。

她看的是櫥櫃上擺的白兔面具，面具的眼圈和臉頰都塗成紅色，表情笑咪咪的很可愛，就像是玉雪。

見美緒眼神熱切，彌助想到一個主意，便問志麻夫人：「那麼，可以給我那個白兔面具嗎？」

「咦？你想要的東西眞奇怪。可以喔，你就帶回去吧！」志麻夫人爽快答應，將那個白兔面具給了彌助。

一走出百蓮堂的大門，彌助就把面具遞給美緒：「這個給妳吧！」

「可以嗎？」美緒欣喜的問。

「我本來就是爲妳要的，妳很喜歡吧？」彌助說。

「是呀，它好可愛，又長得像玉雪姊。」美緒笑著說。

「眞的呢，今晚妳就戴這面具去給玉雪開門，她一定會嚇一跳，然後笑出來！」彌助也笑了。

「嗯……彌助，我可以現在就戴上它嗎？」美緒猶豫一下才問。

「當然可以呀！」彌助鼓勵她。

於是，美緒很快的把臉上的面具拿下來。那是彌助第一次見到美緒的臉。她長得跟宗鐵很像，皮膚微黑，五官端正，黑亮的大眼睛和小小的嘴巴，一看就知道是宗鐵的孩子。

不過，美緒的臉只露出一瞬間，她就馬上把新的面具戴上去了。

光是換個面具，美緒給人的整個印象都改變了。原來只在眼睛開兩個洞的面具，和可愛的兔子面具，戴起來判若兩人。最好的證據就是，路上的行人都微笑著看她，還有人稱讚：「好可愛呀！」

美緒看起來好快樂，笑著問彌助：「彌助，你也覺得這個新面具可愛嗎？」

「是啊，好可愛！」彌助笑道。

「呵呵、呵呵呵……」美緒笑得合不攏嘴。於是兩個人就手牽手，一路走回家了。

彌助和美緒渾然不覺的是，就在百蓮堂的二樓，有一雙眼睛正眨也不眨的盯著他們看……。

4 玉鋼：鍛造日本刀用的最上等鋼材。

5 鍔：日本刀的「鍔」相當於中國刀劍的「鐔」，又稱劍格或護手，呈圓盤狀，夾在刀身與刀柄之間，是出刀與收刀的開關，打造精緻的刀鍔是社會地位崇高的象徵。

7

奇異的尼姑

在那之後，又過了幾天。

美緒大概太喜歡她的新面具了，把原來的面具丟在一旁，只顧照著手裡的小鏡子，咯咯笑個不停。彌助裝作漫不經心的對她說：「美緒，我知道妳很喜歡新面具，可是有時候也要拿下來啊！」

「爲什麼？」美緒問。

「現在天氣愈來愈熱，從早到晚戴著面具，臉可能會發癢喔！再

說，妳有一張這麼可愛的臉，藏起來不是太可惜了？」彌助小心翼翼的說。

美緒不答腔。

不過，彌助的話好像還是奏效了。那天以後，美緒除了出門，其他時候就會把面具拿下來。雖然只是一點小改變，對美緒而言，卻是很大的進步。彌助不時就會稱讚她：「妳很可愛喔！」讓美緒對自己的臉生出信心。

這天，彌助到附近的蔬果店，買了一堆生薑。

「這樣就可以醃生薑味噌了。山芋也買一點，切絲可以拌甘醋，還有……雖然挺花錢，就做個煎蛋捲吧！美緒最喜歡甜甜的蛋捲了。」彌助一邊盤算著晚上的菜色，一邊走回長屋。當他要轉進巷子的時候，忽然被叫住：「等一下，彌助！」

叫住他的是長介家的阿祿嫂，他們家是幫人修補鍋盆的，夫妻倆跟彌助住在同一排長屋，只相隔三戶。阿祿嫂很喜歡說話，不過個性爽快，有時候她會說：「今天煮太多菜了！」然後分一些給彌助。

彌助見到她，立刻點頭行禮，說：「阿祿嫂好！妳上次給我的毛豆很好吃喔！」

「是嗎？太好了！對了，最近你家經常有個小女孩出入，戴著兔子面具，那是誰呀？」阿祿嫂問。

她指的是美緒。彌助有點吃驚，趕緊說：「她是熟人託顧的孩子，會在我家住一陣子。她好像遇過傷心的事，所以老是戴著面具。」

「唉呀，是這樣啊？」阿祿嫂關心的說。

「是啊，因爲那孩子很怕生，如果被陌生人搭訕，她就會很害怕。」彌助加重語氣說。

「原來如此。」阿祿嫂拍拍胸脯說：「既然這樣，我們還是默默守護她吧！我也會轉告鄰居們。」

「謝謝妳！」彌助趕快答禮。長屋這一帶謠言傳得很快，阿祿嫂傳話的速度更快。總之，美緒大概暫時能得到安寧了。

雖然稍微放心，彌助心底卻有點奇怪：「爲什麼她現在才問呢？」美緒從兩個月前就待在這裡，眼尖的阿祿嫂應該很早就發現了啊？

彌助一邊想，一邊走回家裡。才剛跨過門檻，只見美緒馬上衝過來，喊道：「彌助，你回來了！我洗了衣服喔！」

「呵呵，謝謝妳！」彌助笑著說。

「彌助，我洗更多，竿子上的衣服全是我晾的！」後頭的千彌立刻接話。

「知道啦，謝謝千哥！」聽到彌助道謝，美緒和千彌都高興得笑了。他們倆的表情一模一樣，讓彌助差點忍不住笑出聲來。

「那你買到生薑了嗎？」千彌問。

「買了，今天我會醃新鮮的生薑味噌。我還買了山芋，可以拌甘醋。」彌助說。

「太好了，都是我喜歡的。」千彌微笑。

「對了，我也買了雞蛋，晚上給美緒做煎蛋捲，就多加點糖吧！」

彌助又說。

「太棒了！」美緒拍手道。

在他們愉快對話的當兒，彌助忽然一驚：「糟糕！」

「怎、怎麼了？」美緒嚇一跳。

「彌助，你肚子痛嗎？要不要請醫生來？」千彌立刻緊張起來。

「不是啦！記得昨天玉雪姊說，今天晚上啃石妖怪要來托兒，要我準備一些小石頭給他吃。」

彌助懊惱的搔搔頭說：「我早上還記得呢！想說趁出門買菜，回來順便到河邊撿一些石頭。想不到買了生薑，就完全忘記撿石頭……沒辦法，我這就去河邊一趟吧！」

「我也要去！一起去撿石頭！」美緒高興得拍手。千彌卻不甘心的說：「我現在得出門幫人按摩。」

「那千哥就得去工作了！」彌助說。

「我也想去河邊啊！」千彌抱怨。

「沒關係啦！」彌助趕緊安撫千彌，好不容易送他出門，才帶著美緒往河邊去。因爲很久沒下雨，河水變少，加上夏日炎炎，河邊一個人影也沒有。

美緒問彌助：「是不是撿又白又光滑的小石頭比較好？」

「玉雪姊是這麼說的。這裡好熱，我們趕快撿一些就回家吧！」彌助皺眉說。

「嗯！」美緒點頭。兩人就在河邊走來走去，搜集小石頭。

彌助耐不住暑熱，美緒卻很快樂的樣子。她就像在尋寶一般，愈找愈有趣，也愈走愈遠，不知不覺便和彌助分開了。

這時，美緒突然尿急。她環顧四周，附近正好有一片長得很高的蘆葦。她本想告訴彌助，又覺得反正很快回來，就獨自往蘆葦深處走去。

解完手，美緒輕鬆起來，撥開蘆葦就往回走。忽然，她猛然停住腳步。只見在她面前，站著一個女人。

那個女人一副尼姑打扮，穿著黑色長袍，感覺很有氣質，但卻看不清長相，因爲她戴著出家人的頭巾，披垂下來，一直遮蓋到眼睛。

雖然尼姑掩著半張臉，卻能感覺到她直直盯著美緒，銳利的眼神令美緒無法動彈。

接著，尼姑開口了：「妳身上背著孽障啊！」

似乎被她一語道破了什麼，美緒感到無法呼吸。

她太緊張了，喉嚨咕嚕咕嚕卻發不出聲音。那尼姑輕輕伸出手，用雪白的手指撫摸美緒的黑髮，說：「沒關係，妳不必覺得丟臉。妳身上的孽障雖然可怕，卻不是妳自己招來的。」

尼姑不停的說，沒關係、沒關係……她輕柔的聲音，安撫了美緒的心。

「我可以相信這個人，她一定會幫助我，會拯救我。」美緒想著，心裡的恐懼忽然消失了。她下意識的對尼姑說：「幫幫我……」

「好，只要妳想要，我隨時都可以幫助妳。不過……這裡不方便，我們得到沒有別人的地方。」尼姑問美緒知不知道附近的古寺，美緒點點頭，那裡是她離家出走經常去的地方。

「我最近會待在那裡，妳隨時可以來找我。不過，只能一個人來。你見過我的事，也最好不要告訴跟妳在一起的少年。」尼姑叮囑道。

「為什麼？」美緒不解。

「那個少年看起來不太簡單，他可能會給妳添麻煩。」尼姑加強語氣。

見美緒沉默不語，尼姑微笑道：「那麼，我就等妳來了！」說罷，她便揚長而去。

美緒站在當地，好一會兒都動彈不得。孽障、美緒的孽障……那一定是指她身體中流著的妖怪血液。不過，那尼姑說會幫助她，美緒相信是真的。

忽然，她聽到彌助的聲音。他似乎很擔心，大聲叫喚著她的名字。

美緒趕緊向河邊飛奔過去。彌助一看見她，鬆一大口氣似的說：「妳到哪裡去了？怎麼忽然不見，害我好擔心哪！」

「對不起，我去、去尿尿。」美緒小聲說。

「那妳也得跟我說一聲啊！」彌助抱怨。

「對不起……」美緒低下頭。彌助見狀覺得奇怪：「妳怎麼了？哪裡不舒服嗎？」

「不……沒有。」美緒搖頭。

「是嗎？那我們回家吧！小石頭也撿得差不多了。」彌助伸手牽她，美緒忽然覺得想哭。

彌助很溫柔，像個大哥哥般疼愛她。美緒心想：「我還是不要去找那尼姑吧！她說彌助的壞話，我不要去見那樣的人。」

然而……。

第二天晚上，美緒卻還是往古寺的方向跑去了。她的眼裡滿是怒火，因為彌助在生她的氣。

起因是來了一個叫津弓的小妖怪。

打從第一眼看見津弓，美緒就不喜歡他。他又白又圓的小臉，一看就是深受寵愛的孩子，教美緒看了不舒服，而他一副幸福快樂的表情，更令美緒難以忍受。

最討厭的是，津弓一來就纏著彌助不放。彌助也真是的，又不是被寄託，只是沒事來黏著他玩的小妖怪，為什麼不一把將他趕回去呢？

美緒鼓著臉，在屋裡戴上久違的面具。

津弓探過頭來，好奇的問：「妳爲什麼戴面具啊？」

「少管我！」美緒不理他，津弓卻不死心：「妳叫做美緒嗎？聽說妳是宗鐵醫生的女兒，是眞的嗎？」

「你認識我爹嗎？」美緒遲疑的問。

「嗯！我身體不舒服的時候，宗鐵醫生就來看我。他給我針灸，還給我喝很苦的藥。不過我喝了藥就會變好，醫生就會拍我的頭，稱讚我是好孩子。我很喜歡宗鐵醫生喔！」

美緒看著津弓愉快的笑容，忽然伸出手，啪的一聲，打了他一記耳光。

津弓一時反應不過來，就愣在那裡，挨打的臉頰逐漸由白轉紅，美緒卻只是冷冷的瞪著他。

「美緒！」就在彌助大叫的時候，津弓的嚎哭正好同時開始：「哇哇——彌助！那個小孩她、她打我！她竟敢打我！」

「我看到了！沒事的，馬上就不痛了！」彌助摟住鼻涕眼淚齊下的津弓，轉頭責備美緒：「妳幹什麼？爲什麼打比自己小的孩子？」

「誰叫他……囉嗦嘛！」美緒不甘示弱。

「他只是跟妳說話，到底哪裡得罪妳了？」彌助怒斥。

美緒咬著嘴唇不吭聲。她不能原諒津弓隨便說喜歡她的父親，但是，她又不想告訴彌助原因。美緒瞪著彌助說：「我討厭他！你叫他趕快回去！他有家爲什麼不回去？」

「美緒！妳不要任性……」彌助還沒說完，就見千彌伸出手，像抓小貓一般提起美緒的衣領，直接把她扔到門外。

對著驚嚇的美緒，千彌冷冰冰的說道：「津弓被怎麼樣我都無所謂，我們家就是不要困擾彌助的孩子。妳在外面冷靜一下，要是想跟彌助道歉，還可以回來喔！」說完，千彌砰的一聲，就把大門關上了。

美緒軟軟的癱坐在地上，瞪著大門。她知道只要自己不道歉，千彌就不會讓她進去。美緒心底很清楚自己不對，但是，她就是不願向那個愛撒嬌的小妖怪道歉。

同時，美緒又覺得彌助背叛了她。到頭來彌助還是站在妖怪那一邊，他也是美緒的敵人。

美緒心想，她不要再忍耐了。這一次，她不要再回彌助的家了。她決定去找那個尼姑，請她把自己跟妖怪的緣分全部切斷，也把自己背負的孽障清除乾淨。

美緒在漆黑的夜裡奔跑。她並不害怕黑暗。她在夜裡的視力非常好，跟白天一樣清楚。從小時候開始，她就喜歡黑暗。

靜靜的暗夜包圍著美緒，只要潛入黑暗的地方，她就覺得安心。再加上這時候的她渾身怒氣，更是一切都不怕了。

美緒在夜路上前進，直直往那座古寺奔去。今晚古寺裡好像有人，破舊的紙窗裡透出亮光。

美緒嚥了口口水，靠近紙窗，小聲說：「請問……」

裡頭馬上有人回答：「請進！」

美緒躡腳走進去，只見那個尼姑坐在房間中央。她依舊戴著頭巾，低垂下來蓋住臉，露出的嘴角微微笑著。房間裡充滿甜甜的香味，美緒感覺彷彿進入另一個世界。

對著小心翼翼靠上前的美緒，尼姑溫柔的說：「我一直在等妳喔！」

「請妳坐在我前面，把妳的事全部告訴我。」尼姑說。

「我的事？什麼事啊？」美緒問。

「所有的事。包括妳的名字、妳出生後發生的事，還有妳的煩惱。如果要我幫助妳，你就得告訴我。」尼姑又說。

美緒猶豫了。尼姑輕聲笑道：「妳不用怕我，也不必害怕把祕密告訴我。因為妳的悲傷和煩惱，我都了然於心。」說完，尼姑緩緩摘下頭巾。

啊！美緒忍不住倒抽一口氣。

尼姑長得很美。她看起來大概四十幾歲，膚色雪白，鼻子和嘴巴都很端正。最特別的是她的左眼，竟然像龍膽花一般碧藍。

那是一隻吸人魂魄的藍眼睛，襯著另一隻黑眼睛，更顯得突出。奇異的眼睛和非凡的美貌，加上威嚴的神情，全都集於尼姑一身。

見美緒呆若木雞，尼姑微笑道：「我的法名叫做青壽，我的藍眼睛是淨眼，可以穿透邪惡，洗滌心靈。這個眼睛既是我的，也是佛菩薩的。妳身上的孽障，可以透過我的淨眼洗除乾淨。」

「眞、眞的嗎？」美緒問。

「當然。我剛才說過，我已經看透妳的一切。但是，如果妳不從自己嘴裡說出煩惱，我就不能洗淨妳的孽障。所以妳必須告訴我，相信我。來，開始吧！」尼姑威嚴的說。

美緒終於開口。連她從來沒有對彌助說過的事，也全都傾吐出來了。

從前，美緒是個幸福的孩子。她有身體孱弱卻溫柔的母親，還有晚上得出去工作，不過白天經常陪她玩的父親。美緒有父親和母親疼愛她、保護她，每天都過得很快樂。

但是，那天晚上，一切都被毀了。起因是一隻飛蛾。

那天晚上，就像平常日子，只有美緒和母親兩人在家。大概是吃過藥，母親先睡著了。美緒聽著母親輕微的鼾聲，在旁邊靜靜看書。

忽然，有一隻像美緒手掌般大的飛蛾，迷了路飛進家裡。飛蛾在天井盤旋，拍動著翅膀，不停抖落鱗粉下來。

美緒擔心飛蛾吵醒母親，就輕巧的沿著柱子爬上牆，再登上屋梁，對準飛蛾一掌撲去，馬上就抓住了。

美緒抓緊手中掙扎的飛蛾，從粱柱上跳下來。她很得意自己落地時沒發出聲音，這樣就不會吵醒母親。

可是，當美緒轉頭看向母親時，卻嚇得愣住了。

原來母親醒著。只見她睜圓眼睛，嘴角歪斜，神情十分古怪。

美緒察覺母親在生氣，不禁慌張起來。她不知道哪裡做錯了，更沒想到是自己超乎人類的攀爬動作，把母親嚇壞了。

「哇啊啊啊——」母親忽然開始尖叫，對著美緒厲聲謾罵起來，其中充斥著幾個字眼：妖怪！妖怪的孩子！邪惡！骯髒！妖怪！

美緒呆站在那裡，看著語無倫次的母親。她的心靈和身體彷彿被麻痺了，動彈不得。爲什麼？這個人是誰？她爲什麼這樣罵我？

就在這時，父親出現了！他一手壓住正在發狂的母親，另一隻手舉起一根發出青光的長針，往母親的腹部戳下去。

母親的動作漸漸停了，軟趴趴的癱在父親懷裡。但是，美緒卻感到害怕，在她眼裡，母親就像是被父親傷害了。

她忍不住放聲尖叫。父親衝過來，一邊安慰，一邊張開雙臂要抱她，美緒卻逃開了。

爹爹好可怕！她也會被那根長針刺到，會變得不能動。美緒拼命的逃跑，她不敢再看父親一眼。

那天以後，母親不再發怒，但也失去了笑容。她面無表情，只會機械般的喝水吃粥，就像沒有靈魂的人偶。

都是爹爹的錯！美緒心想。那時候，是爹爹戳了阿娘一針，把阿娘的靈魂吸走了。

「其實當時我也無可奈何。如果不那麼做，妳娘恐怕會傷害自己，甚至傷害妳。所以，我只能用針戳她，讓她失去力氣。」雖然父親拼命向美緒解釋，美緒卻不理他。她已經知道父親是誰了……妖怪！

母親沒說錯，父親是妖怪，自己就是妖怪的孩子。但是，美緒絕對不承認。她相信自己是人類，不是妖怪。

母親的話太殘酷了，令美緒只能憎恨父親。如果不這麼做，她怕自己承受不住現實。

最後，母親安靜的去世了。只留下徬徨的父親，和一個緊閉心靈的女兒……。

當美緒好不容易說完，青壽嘆了口氣，道：「眞是不幸的遭遇啊！不過，妳不用再受苦了！」

青壽伸出手，握住正在哭泣的美緒的小手，說：「我雖然有這隻藍眼睛，卻也不容易消滅妳的孽障……不過，只要妳繼續做好事，或許有一天就能變成眞正的人類。」

「眞的嗎？」美緒驚喜的問。

「是的，所以妳必須跟我走。」青壽用深邃的藍眼盯住驚嚇的美緒，彷彿要吸走她的一切：「我的任務是行腳各地，教化迷途和煩惱的人，讓他們得到救贖和安寧。只要妳幫助我，妳身上的孽障就會逐漸被清除。我一直在找像妳這樣的孩子，雖然體內流著妖怪的血，卻擁有人類的靈魂。妳是被佛菩薩選上的孩子，跟我一樣。」

美緒聽了，忍不住又流下兩行眼淚。她雖然有妖怪血統，淨眼尼姑卻說她和自己一樣，令她感激得全身發抖。

美緒決定跟著尼姑走。她要聽尼姑的話，到各地去幫助人。

她下定決心，便要去握青壽伸出來的手，忽然聽到有人大吼：「美緒！不要走！」

吼聲未落，彌助就衝進來了。

8

誘拐犯

現在，我們把時間稍微往前倒轉一下。

美緒被千彌丟到門外之後，津弓就抓著彌助，哀哀哭訴：「嗚嗚，太、太可惡了！」

「唉，是很可惡，剛才那一巴掌聲音好大，很痛吧？眞可憐啊！」

彌助安慰他道。

「不、不是。美緒是可惡，不過千彌也可惡！他說我被怎麼樣都無所謂！我、我要去跟舅舅告狀！」津弓哭哭啼啼的說。

「拜託不要去告狀啊！」彌助聽了臉色大變，拼命安撫津弓：「津弓，不要哭了！千哥老是說這種話，他應該沒、沒有惡意吧！你說對不對，千哥？」

「哼……」千彌不置可否。

津弓還是鼓著臉，但終於不再哭了。

彌助拍拍津弓的腦袋，轉身去開大門，探頭往外看。果然，美緒已經不見人影了。

「她又跑掉了……眞是沒辦法啊！」彌助嘆口氣，開始穿鞋。千彌在一旁皺眉說：「你是想去接她回來嗎？」

「是呀！畢竟美緒也是我受託照顧的孩子啊！」彌助答道。

「唉，彌助眞是心地善良。那麼我也一起去吧，晚上外頭不太安全。」千彌立刻說。

「那我也跟著去！」津弓馬上舉手：「我的法術比以前進步了！我可以守護彌助。」

「開玩笑，你這種道行可以保護我的彌助嗎？」千彌又皺起眉頭。

「嗚嗚！彌助，千彌又欺負我了！」津弓又開始哭了。

「好啦好啦！兩個都不要吵了！」彌助無可奈何，只能同意三個人一起去。但是，當他正要開口，卻聽津弓喊道：「有誰朝這裡來了！我聽到腳步聲了！」

「咦?是美緒嗎？」彌助探出頭去，卻見一個大黑影挨了過來：

「哇哈哈!晚安！」

「呃！是久藏！」彌助心下哀叫，原來是房東的兒子久藏。只見他滿臉通紅，呼吸都是酒臭味，腳步踉蹌，一伸手就抱住彌助，害他差點摔倒。

久藏頂著潮紅的臉，哈哈笑著：「喂，小狸助，你好嗎？好久不見了！你一定很想念我吧？抱歉抱歉，我也很想念你啊！」

「你、你這個醉鬼！不、不要擋路……」彌助差點無法呼吸。

「咦？你太想念我，說不出話了？你還挺可愛嘛！來嘛來嘛！」

久藏抱得更緊，彌助覺得好噁心，簡直要暈倒了。

這時候，千彌出手了！他一把將久藏拉開，順手一推，久藏就滾到地上。但是，酒醉的人好像不怕痛，久藏換抓住千彌的腳跟，叫道：

「哇——阿千！我好想你啊！你的臉還是這麼俊啊！」

「久藏，你幹什麼？酒醉來鬧事嗎？趕快回你父母家，還是去找你戀人啊！」千彌冷冷的說。

「阿千，不要這麼無情嘛！你們都、都合起來欺負我嗎？阿千，我、我知道，只有你是站在我這一邊啊……！」久藏忽然大哭起來，一邊哭，一邊還是緊抓著千彌的腳不放。

眞煩哪！千彌嘖了一聲，雪白的額頭微微浮起青筋。

就在這當兒，彌助趁機溜出門，津弓緊跟著他。

「千哥，抱歉！我和津弓先去了！」彌助回頭說。

「彌助，不行！你等等我！」千彌著急喊道。

「沒關係，千哥就看著那傢伙一下吧！拜託拜託！」

千彌不得已，只好點頭：「好吧！等我把這傢伙送回家，立刻就追上你們。」

「嗯，那麼待會兒見！」彌助急急的說。

「小心點啊！津弓，你要是沒好好保護彌助，我可不饒你喔！」千彌萬般叮囑道。

「知道啦！我一定會盡力保護彌助的。」津弓噘著嘴說。

就這樣，彌助和津弓消失在暗夜裡。

被留下來的千彌，無奈的看著腳邊的久藏，他還是一把眼淚一把鼻涕，嘴裡不知在嚷什麼聽不懂的話。

要是往這張臉踩下去，說不定會恢復神智……千彌簡直快忍無可忍，差點就提起腳了！

另一邊，彌助和津弓在漆黑的夜路上走著。津弓很高興，雖然他被打的臉頰還有點麻，卻已經不在乎了。只要能和彌助走在一起，他就覺得開心。

然而彌助卻很不習慣黑暗。他一步一步小心往前踏，令津弓覺得奇怪：「彌助，你怎麼了？」

「唉……我怕會跌倒啊！路這麼暗，我都看不見自己的腳……不行，我還是回去拿個燈籠吧！」

彌助正要轉身，卻被津弓擋下了：「等等，你要是想點燈，我就做給你！」說完，他合起雙手，做一個花苞的形狀，然後「呼！」的朝當中吹一口氣。

不一會兒，津弓張開手，只見三個小火球冉冉升起，分別是藍色、銀色和粉紅色，像螢火蟲般繞著他們飛來飛去。四周被淡淡的螢光照亮，馬上變得清楚起來。

見彌助一臉驚訝，津弓得意的說：「怎麼樣？我很管用吧！舅舅每天都會教我各種法術喔。這樣就不怕了，你看得見腳下吧？」

「看得見了！你眞行，好厲害啊……對了，津弓！」彌助誇獎道，忽然又想起什麼。

「什麼事？」津弓高興的問。

「莫非你聞得到特別的氣味？你可以追查美緒去哪裡了嗎？」彌助問。

津弓微笑著點頭。

於是，他們倆繼續前進。這一回，換成津弓拉著彌助的手。津弓

邊走邊聞美緒留下的味道，又問：「彌助，為什麼美緒生我的氣呢？我沒有說錯話吧？」

「嗯，你沒有錯。只是，美緒她……討厭自己的父親啊！」彌助猶豫著該怎麼說。

「你是說宗鐵醫生？怎麼會？為什麼呢？」津弓很驚訝。

「唉，美緒遭遇過一些不好的事。不過，她的心裡一定想和父親親近，只是不知道該怎麼辦。她想做卻做不到，所以才發脾氣吧！美緒打你，大概也是這個原因。」彌助努力解釋。

「什麼原因啊？」津弓還是不懂。

「你不是說你喜歡宗鐵醫生嗎？可是美緒卻說不出口。她想說卻說不出來，所以對可以講這句話的津弓，覺得很嫉妒吧！」彌助說。

「原來如此……嗯，我大概懂美緒的心了。我以前也是那樣，我很喜歡舅舅，卻說不出口。我以爲不能先說喜歡他，不然舅舅會覺得我孩子氣，會對我失望。」接著，津弓眼睛發亮的說：「可是現在不一樣了！我已經和舅舅很要好了！我會跟舅舅說好多話，也會跟他手牽手。舅舅看見我這樣，好像很高興哪！」

「呵呵，那是當然了！」彌助想，月夜王公被寵愛的甥兒撒嬌，大概歡喜得要升天了！

忽然，津弓滿臉認眞的說：「我能改變自己，完全是彌助的功勞。所以，請你也要幫助美緒。我覺得美緒很可憐，你一定要幫助她呀！」

「你眞是……善良啊！」彌助很感動：「你竟然會是那個高傲的月夜王公的甥兒，眞令人不敢相信哪！」

「唉呀，你怎麼老是說這樣的話？我不是跟你說過很多次嗎？舅舅是非常仁慈的呀！」

「那是只有對你啦！」彌助不甘心的說。

「才不是呢！」津弓大聲抗議。

「就是這樣啦！」彌助也不服輸。兩人一邊笑鬧，一邊繼續往前走。

一會兒，彌助終於發現，他們走的是熟悉的路線：「原來是這條路，我知道美緒躲在哪裡了！這前面就是古寺，也是美緒離家出走常去的地方。」

「哦……彌助，那個寺院很舊嗎？」津弓遲疑的問。

「是啊，現在沒有和尚看守，變得又破又舊。」彌助說。

「那裡有……幽靈嗎？」津弓吞吞吐吐的問。

「你啊，自己是妖怪還怕幽靈嗎？」彌助差點笑出來。

「可是舅舅說過，比起妖怪，幽靈更可怕。幽靈是人類死後變成的，所以比較可怕……我就怕可怕的東西啦！」津弓開始發抖起來。

他們繼續往前，不久便看見古寺了。才走到寺院內的石階前面，津弓就停住腳說：「我在這裡等你！」

「好吧！那你可以把小火球借我嗎？」彌助問。

「好啊！」津弓念了幾句咒語，那三個火球就飛到彌助身邊，圍繞著他。

「謝謝你，我一發現美緒，就馬上帶她回來。」彌助說完，便留下津弓，獨自爬上石階。

當他爬到石階頂，不禁一愣。只見前面依稀有燈光，是從古寺裡發出來的。有人在古寺裡嗎？美緒也在嗎？彌助悄悄走近。

房間裡依稀可見有兩個人影。這可奇了，他嘴裡發乾，心中升起不好的預感。這種時候，最好小心行動。

彌助相信自己的第六感，便先把身邊的小火球趕遠，再躡手躡腳靠近古寺的紙窗。隔著紙窗的破洞，他看見美緒坐在裡面，好像心神恍惚。

美緒對面坐著一個沒見過的尼姑。她的側臉很美，但是彌助卻覺得很假。她看起來好像很溫柔，然而盯著美緒的眼神卻像汙水一般混濁。

彌助悄悄觀察一會兒，想知道這尼姑是何方神聖，她究竟想對美緒做什麼？

他屏氣凝神，只聽尼姑不停的稱讚美緒，說她是「被選上的孩子」。尼姑的甜言蜜語好像逐漸滲進美緒心中，彌助看得再明白不過。

這樣下去不行！他忍不住冷汗直冒。美緒會在不知不覺間上鉤，得趕快救她才行！

彌助一腳踢破紙門，衝進房裡大吼：「美緒，不要走！」

那個尼姑倏的轉過身來，她的臉上充滿敵意，一瞬間，彌助似乎看透她的本性。他知道自己的直覺沒錯，必須把美緒和尼姑分開。

彌助伸手想抓美緒，卻搆不著。就在這時，頭上突然落下一個黑影。

那是一個穿著黑色勁裝的矮小男人，身上發出野犬般粗惡的氣息。男人一拳擊中彌助的腹部，彌助呻吟一聲，當場倒地。

美緒嚇呆了！她不敢相信眼前發生的事。

先是彌助衝進來，然後從屋頂跳下一個男人，像蝙蝠般攻擊他，現在，彌助暈倒在地上……一切都發生在眨眼之間。

美緒無助的看向青壽，但是，青壽卻不理她。只見她一副無趣的樣子，瞪著那個黑衣男人，剛才那番溫柔的神情，早已不見蹤影。

「我再一下就成功了，你卻來攪局，未免太粗暴了！」青壽口氣很差，那男人陪笑道：「抱歉啦！藍眼婆。不過可不能讓這小鬼來壞事啊！」

「唉，算了！反正計畫雖然生變，目的還是一樣。這小丫頭就交給我了！」青壽說。

「那這小鬼怎麼辦？要殺掉嗎？」男人舔舔舌頭，看著彌助，接著伸手探進懷裡。

他要掏出刀子！美緒嚇得臉色慘白。

就在這時，青壽出聲制止：「不，先不要殺他！我看這小鬼還有點用處。」

「那麼，要帶他走？」男人問。

「就這麼辦！」青壽點頭。

那男人聽了，便快手快腳捆綁彌助，再把他扛到肩上。他的動作看起來很老練，一點都沒有耽擱。

美緒終於明白，這個黑衣男人是壞人，而青壽是跟他一夥的。

她知道自己被騙了！這個女人哪裡是佛菩薩的使者？她一點都不慈悲啊！

美緒含著眼淚，狠狠瞪著青壽，身體卻動彈不得，喉嚨也發不出聲音。她唯一能做的，就是集中全身怒氣瞪著對方。

這時，青壽緩緩轉身，再度面對美緒。她微微一笑，接著一拳打向美緒的頭。那拳力道很重，美緒立刻昏了過去。

津弓獨自坐在石階上，不停往古寺的方向看，卻不見彌助的身影。

早知道就跟著彌助去了！他正在後悔，卻聽到腳步聲，有人沿著石階下來了。他馬上發覺那不是彌助，因爲有兩個人，而且步伐比彌助重很多。

津弓警覺的躲進路旁的草叢裡。果然，下來的是兩個人，一男一女。他定睛一看，差點失聲大叫。原來那男人肩上扛著彌助，女人手裡抱著美緒，而彌助和美緒都臉色蒼白，不省人事。

津弓的心臟狂跳。這兩個人一定是壞人，他們要把彌助和美緒擄走。

津弓知道世界上有專門誘拐小孩的壞人，所以他既害怕又憤怒。誰要是擄走彌助和美緒，他絕對不原諒他們！

就在津弓渾身發抖的時候，那兩人已經漸漸走遠了。津弓急忙要施法術，卻忽然停了下來。

原來，舅舅教他的法術，都是用來保護自己的，那些法術現在都派不上用場。

「好吧，算了！」津弓立刻放棄了。他知道自己救不了彌助他們，所以，他打算跟在後面，看他們被帶到哪裡，然後再去找救兵。他應該去找舅舅？還是去找千彌？

一想到自己有這些強力的後盾，津弓就不怕了！他悄悄的跟在壞人後面，小心前進。

9

尼姑的真面目

當美緒醒來的時候，發現自己躺在一個很暗的地方。四周的東西堆得亂七八糟，大部分是木箱之類，顯然他們是被關在倉庫裡。

美緒想爬起來，頭卻痛得不得了。她想去摸痛處，兩隻手卻都被綁住了。

她終於慢慢記起事情經過。沒錯，她被青壽騙了，又被她揍了一拳……糟糕！彌助怎麼樣了？

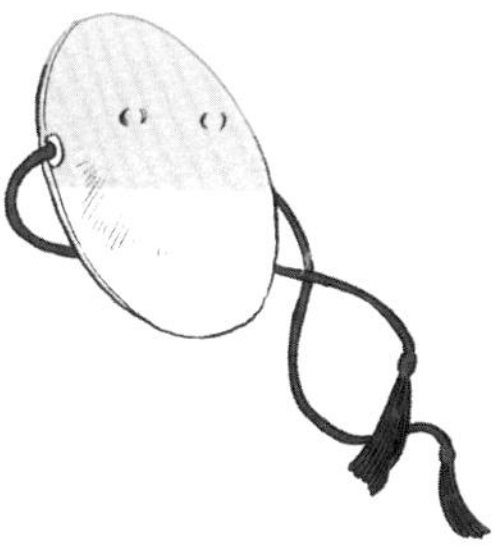

美緒環視周圍，看見彌助就躺在離她不遠的地方，雙手也被反綁，依然昏迷不醒。美緒小聲叫他，他連眼睛都沒睜開。

我們會被怎麼樣呢？美緒滿腦子都是最壞的結果，不由得呼吸困難。

「爹……救命！快來救我們啊！」就在美緒啜泣的時候，有個細細的聲音從上頭傳來：「美緒，妳在那裡嗎？」

美緒抬頭一看，只見倉庫牆上開了一扇小窗戶，津弓的圓臉從那裡探了出來。

美緒愣了愣，津弓擔心的問：「妳還好嗎？有沒有受傷？」

「我、我沒事。」美緒吞吞吐吐的說。

「那彌助呢？」津弓又問。

「他被打昏了，還沒醒來……不過看樣子，大概不要緊。」美緒答道。

「太好了！那我這就去找救兵。妳再忍耐一下，一定會沒事的，一定會把你們救出來！」津弓稚氣的臉，這時候看起來好勇敢。美緒忍不住想哭，同時覺得自己很可恥，她怎麼可以對津弓那麼殘忍……

她急忙叫住正要離開的津弓：「津弓，等一下！」

「怎麼了？」津弓趕緊回頭。

「對、對不起，我打了你！對不起啦！」美緒慚愧的說。

「沒關係，我原諒妳了！千彌比妳更可怕，也常欺負我呢！」津弓叮囑美緒忍耐，就不見了。

美緒覺得她比較能呼吸了，雖然被綁住的手腕很痛，頭也還一陣一陣的疼，但是她好像生出了一點勇氣。

一定沒問題，一定會有人來救我們！美緒在心裡激勵自己。這時，忽然響起沉重的聲音，倉庫的門被推開了。

進來的是舉著火把的青壽，她仍舊作尼姑打扮，但是先前柔和高貴的面龐，卻變成卑鄙下流的模樣。

美緒雖然害怕，還是目不轉睛的瞪著青壽。青壽看著她，笑了起來：「咦？妳已經醒了！不愧是妖怪的孩子，挺強壯啊！」

「妳、妳為什麼，為什麼……這樣對我？」美緒勉強吐出聲音。

「為了得到妳啊！本來是想要妳自願加入我們，誰想到半路卻殺出個不識相的小鬼！」青壽狠狠瞪著躺在地上的彌助，她的眼神尖銳又冷酷，美緒看得直發抖，覺得這女人比她知道的任何妖怪都可怕。

青壽似乎察覺到美緒很害怕，撇著嘴笑道：「幾天前，我在百蓮堂第一次見到妳。我被那裡的少老闆娘招待，就待在二樓客廳。當我無意間往窗外街上看的時候，正好見到一個小鬼從百蓮堂出來。」

青壽說，她之所以對那個少年生出興趣，是因爲他身旁明明沒有人，卻好像在跟誰說話。

「我仔細一瞧，他身邊卻突然冒出一個小丫頭，嚇了我一大跳。就是這樣啦，妳也知道了吧！我見到的就是躺在那邊的小鬼，他身邊忽然現身的就是妳。」青壽冷笑道。

「我是……忽然現身的嗎？」美緒很吃驚。

「是呀！我可眞是嚇到了，心想那個小丫頭絕對不是人類。於是，我趕緊叫底下的嘍囉佐平跟蹤你們。後來我調查了你們的底細，想到可以把妳延攬成部下，所以趁妳一個人的時候，向妳招手。眞可惜，只差一點就成功了！」青壽好像很遺憾，但美緒卻像沒聽到似的。她的腦中滿是疑惑：自己怎麼會突然出現在青壽眼前呢？

美緒回想起去百蓮堂那一天，老闆娘志麻夫人也是只對十郎和彌助說話。當時美緒就坐在彌助身邊，可是志麻夫人光看著彌助，問十郎：「就是這孩子嗎？」後來她給彌助許多糕點當禮物，卻沒分一點給美緒。顯然，志麻夫人完全看不見她。

但是，爲什麼呢？美緒努力思索，唯一的原因可能是她的白色面具，那一定是個戴上就能隱形的面具。當她把面具摘下，換戴兔子面具的時候，別人就看得見她了！

對了……那個白色面具是爹爹給的，美緒想起來了，當爹爹說要把她託給妖怪托顧所的時候，美緒哭著說：「我討厭自己的臉，我不要讓別人看見！」那時候，爹爹就給她這個白色面具。

宗鐵是爲了保護美緒，讓女兒少受一點傷害，才把隱形面具交給她吧！

「爹……」美緒輕聲呼喚，卻被青壽聽到了，她不屑的說：「妳眞是沒用！明明那麼恨妳父親，說他一堆壞話，怎麼還這樣？叫一個殺老婆的妖怪是爹，妳也太沒骨氣了！」

「誰說的？我爹沒有殺我娘啊！」美緒大叫。

「有啦！兇手就是妳爹。妳娘因爲是人類，被妳爹當成獵物，妳沒看見她日漸衰弱嗎？那都是妳爹吸了她的元氣啊！妳爹不但讓妳娘身體愈來愈差，最後還捅她一針，把她了結了！」青壽振振有詞的說。

「妳亂講！我爹才不會做那種事！妳住嘴！住嘴！」美緒一邊嚷一邊掉淚，哭得臉都花了。青壽卻嗤之以鼻：「妳逞強什麼呢？傻瓜，妳不是自己說，阿娘就像被爹爹殺掉的嗎？我只是當妳的聽眾而已啊！」

美緒被青壽一語戳中痛處，只能閉口，一句話也無法回嘴。

她同時也明白，這就是青壽騙人的手段。她先把對方心中的話套出來，再利用那些話操弄對方。她實在太可惡了，要是比較軟弱的人碰到她，根本毫無招架之力。

「妳爲、爲什麼做這種事？這種……騙人害人的事？」美緒哭著問。

「爲了錢哪！騙人可以賺很多錢哪！」青壽理所當然的答道。

青壽說，她專門騙有錢又不知足的人。「有錢有閒的人往往不知道自己很幸福，還老是對這個那個不滿意。他們只要碰到一點小挫折，就開始煩惱焦慮，我不過是藉機挖他們的弱點罷了。」她不屑的說。

百蓮堂的少老闆娘就是一個例子。青壽說：「那女人一下子就上鉤了。她有能幹的婆婆、誠實的丈夫，加上勤勞努力的掌櫃和夥計，只有她一個人無所事事，老覺得沒地方去。她沒有孩子，雖然想到處玩，私房錢又不夠，就對周圍的人怨恨不滿。我就是看中她這個弱點，才找上她的。」

於是，青壽和她的同夥開始設計各種圈套。每到深夜，他們就製造低聲哭泣的聲音，只讓少老闆娘一個人聽到。或者是，在燈籠裡偷放一小撮火藥，當少老闆娘點燈的時候，火花就爆開來。甚至，他們還故意在洗澡間留下血跡。

身邊接二連三發生怪事，令少老闆娘怕得魂不附體。

當獵物瀕臨崩潰的時候，青壽就登場了。她假裝偶然在街上叫住少老闆娘，故作擔憂的對她說：「對不起，我看見妳的周圍有黑影在蠢動，妳是不是遇到不好的事呢？」

接著，她再露出自己的藍眼睛，這時獵物就自投羅網了。少老闆娘以為青壽是佛菩薩的使者，便哀求她拯救自己。

說到這裡，青壽高聲狂笑起來：「要讓那個女人當我的信徒，比翻小孩的手掌還簡單哪！我不過是跟她說，妳的身邊有邪氣，爲了保護自己，必須在周圍潑這個聖水。她聽了我的話，就用二十兩銀子買了我的井水。普普通通的水也値二十兩呢！我怎麼能放過這種沒本錢的生意呀？」

「太沒良心了！」美緒不禁咬牙切齒。

「什麼叫良心？是被騙的人自己不好啊！現在妳懂了吧？我騙的對象都不是不幸的人，而是明明比別人幸福，卻不知滿足還貪求更多的人。你看那個少老闆娘，就是最好的例子。她每天吃好的穿好的，還有傭人和丫鬟跟在旁邊伺候，卻總抱怨自己不幸，整天唉聲嘆氣。我給她一點教訓，根本是替世人討公道啊！」青壽說得振振有詞，好像對自己做的壞事頗爲得意，看起來甚至神采飛揚。

美緒忍不住閉上眼睛，她不想再看見這個女人。誰快來救我呀！津弓，趕快回來呀！美緒在心裡呼喊。

這時，青壽忽然拉下臉，伸手朝美緒探過去。美緒想躲開，卻被她一把抓住下巴，左瞧右看。最後，青壽皺起眉頭，一臉遺憾的說：

「妳身上雖然流著妖怪的血，但大概沒人看得出來。要是妳長得更像妖怪一點就好了！不過算了，妳的手腳好像很快，應該是有點用處，就讓妳來幫忙做陷阱吧！」

美緒一聽，登時呆住。她想起剛才青壽進倉庫的時候，曾經說要把自己收來當同夥。現在聽她的語氣，顯然還是做一樣打算。

「我、我才不會當妳同夥！我不會跟你們幹壞事！妳繼續作夢吧！」美緒大叫。

「那妳就錯了！這可由不得妳。」青壽面無表情的指了指躺在地上的彌助，說：「妳很在乎那個小鬼吧？妳要是乖乖聽話，我就不會傷害他。我會小心的把他養在籠子裡，只要妳背叛我，我就把他殺了！」

「可……惡！」美緒氣到說不出話。

「妳要是不在乎他的死活，我也不勉強喔。不過在我看來，妳可沒那麼堅強。妳無法棄他不顧，不是嗎？」青壽得意洋洋的盯著美緒。

她似乎完全了解，美緒是無法拋下彌助的。

美緒不禁又哭起來：「爲什麼……妳一定要這樣？爲什麼、妳那麼狠心？妳有一隻美麗的藍眼睛啊！」

「美麗？」青壽忽然臉色大變，藍眼一瞪，怒道：「什麼叫美麗！

因爲長了這隻眼睛，我遭到多大的不幸妳知道嗎？我曾經有多少次想把藍眼睛挖下來，妳知道嗎？妳、妳懂什麼！」

接著，青壽滔滔不絕的說起自己的身世。

在信濃[6]地方的深山裡，有一個女孩。她的左眼是藍色的，因此遭到村民排斥。

村民都說，她是妖魔鬼怪的私生女，只要她走在外頭，就會有人推她撞她。她要是躲在家裡，就會有石頭丟進來，還有人在窗外咒罵。

她的家人都對她很冷淡，尤其是她的父親，經常大聲喝斥：「那不是我的孩子！那是山上的妖魔讓我老婆生的！」

最後，她和她的母親都被父親趕出家門。

這對無家可歸的母女，只得住在村莊外破落的小屋裡。雖然那只是一間勉強能遮風擋雨的小屋，孩子卻很高興，因爲她終於逃離父親的暴力。然而，她還是錯了。這回換母親認爲她是害自己不幸的罪魁

禍首，於是開始虐待她。

這個被喚作「青目」的孩子，只能躲躲藏藏的度日。除了設法讓自己少受一點傷之外，她沒有別的生存之道。

不過，青目也不單是被人欺負的。由於拼命要活下去，她逐漸學會看別人的臉色。她知道，只要讀懂別人的心理、表情和欲望，就不會被打倒。她還學會悄無聲息的行動，盡量不引人注目。

從此以後，青目被欺負的次數減少了。不但如此，有一天青目忽然發現，那些欺負她的人，眼底深處其實都飽含著恐懼。原來，他們都是怕她的。因爲怕她，所以才欺負她。

發現這件事之後，青目非常興奮。她懂了人們的心理，便決定開始反擊。

十歲那年，她第一次報復成功。

有一天，她狠狠瞪著對自己丟石頭的小孩，說：「你會在幾天之內死掉，因爲你的身上沾著邪氣！」

那個孩子的臉色霎時慘白，他身邊的母親也神情大變，揮手就把青目趕走。青目笑著跑了，但她的計畫還沒結束。

她逮到那孩子獨處的時候，悄悄靠近，對他說：「你惹火了山神，會受到處罰。如果你不想死，今天晚上得偷偷溜出家門，到山上的瀑布下撿石頭，拿回家裡的神壇祭拜。」青目一本正經的說完，便睜大自己的藍眼睛，眼裡的青色光芒看起來很靈驗。

那孩子聽了，嚇得渾身發抖，差點沒尿褲子。

第二天早上，那個孩子的屍體順水流到村莊附近的河岸上。

當全村一片騷亂的時候，只有青目暗自掩嘴偷笑。

她知道，那孩子曾經爬上山裡的神木玩耍，所以一旦跟他說惹火了山神，他一定會半夜溜去瀑布底下撿石頭。她也知道，前幾天才下過大雨，瀑布的流量大增，孩子很可能會失足落水。就這樣，青目預言那孩子會在幾天之內死掉，果然應驗了！

此後，青目每每發現有弱點或祕密的人，就會向他們發表「預言」，把一個又一個人推向地獄。其中，也包括她的父親。

有一次，青目看見她父親在山裡殺了一條蛇。那天夜裡，她悄悄溜進父親家中，在他的草鞋塗上毒草的汁液。第二天，父親的腳腫得無法走路。當青目對父親說：「你被蛇詛咒了！」的時候，心裡真是好不痛快！而父親臉上盡是絕望和後悔，甚至懇求她：「拜託幫幫我！」青目見了更是多麼得意啊！

只是，青目開始不滿足於現狀。無論是報復村人或生活在這個小地方，都逐漸令她感到乏味。她開始幻想做更大的事。

就在青目盤算著出走那年，村裡來了一個巡迴演出的劇團。那個小劇團有兩對年輕男女演員、一個笑臉迎人的中年男子，以及一個看起來和藹可親的老團長。他們待人都很好，總是笑語不斷。

但是，青目卻一眼就看穿了。她知道那些人和自己是同類。他們雖然和村民有說有笑，卻帶著不懷好意的眼神窺視著每個人。那是刺探隱私的眼神，也是挖掘祕密的眼神。

青目對自己的發現很興奮，立刻去那個劇團借宿的小屋探訪，請他們讓自己入夥。

「你們都不是演員吧？你們究竟是小偷，還是殺手呢？不管怎樣，讓我參一腳好嗎？」青目說。

「唉呀，小姑娘怎麼亂講話呢？」老團長皮笑肉不笑的說：「爲什麼妳會這麼想呢？爲什麼想加入我們呢？」

「我一直待在這個小村裡頭，都快悶死了，對村民報復的事也做膩了！」青目答道。

「哦……妳是怎麼報復的呢？」老團長饒富興味的問。

青目淡淡道出自己做過的事。語畢，劇團團員都鴉雀無聲，就連老團長也笑不出來了。他銳利的眼神上下打量著青目，青目只是毫不畏懼的直視著他。

忽然，老團長大笑起來，道：「好！妳看起來挺能幹。那麼就先從當我們的助手開始吧？第一件差事，請妳告訴我們，這村子裡有錢人家的倉庫鑰匙，是藏在哪裡呢？」

那一天起，青目有了同夥。

---

6 信濃：現在的日本中部長野縣一帶。

10

美緒的決心

青濤一口氣說完她的故事，靜靜的笑了起來：「那天以後，我的世界就開闊了！這隻與眾不同的藍眼睛，幫我做了許多騙人的事，現在它可是我的最佳拍檔，真好笑啊！」說完，她忽然伸出雙手，掐住美緒的脖子。

美緒被掐得呼吸困難，痛苦的掙扎。青濤見狀，卻掐得更緊了，她的眼神彷彿在燃燒：「從前我經常幻想自己是妖怪的孩子，想像有

一天我的親生父母會來接我。他們會狠狠修理欺負我的人，再把我救出去。可是，終究沒有任何妖怪出現。就是說啊！我不過是個長了奇特眼睛的平凡人類啊！」

青壽說，她的夢想破滅以後，就生出極大的怨恨：「我對自己說，總有一天，一定要抓到一個妖怪。無論是什麼妖怪都好，我要把它拴在身邊，叫它聽我的命令。我不停的找……終於發現妳了！」

「呃、呃……」美緒幾乎不能呼吸。

「妳眞是太可惡了！明明是妖怪的孩子，卻被生養得比我還好……所以我絕對不放過妳！今後妳就是我的嘍囉，得聽我使喚，替我做所有骯髒卑鄙的事。呵呵，妳就是我專用的奴隸！」青壽愈說愈興高采烈，美緒只覺眼前逐漸發黑。

就在這時，屋外忽然傳來一聲大吼，接著，一匹巨獸撞破倉庫牆壁衝了進來。

那匹巨獸有著矯捷的黑色身軀，全身被銀白色的火焰包圍，看不清楚牠的外形，只能見到一雙燒得火紅的眼睛。

青壽高聲尖叫，立刻有幾個人持刀飛奔進來，帶頭的就是那個長相粗野的矮小男人。

粗野男人看見巨獸，嚇得愣了一愣，接著舉刀劈去，然而巨獸動作更快，牠敏捷的躲過攻擊，長長的身軀像蛇似的把男人捲起，朝他的喉嚨一口咬下。只見那男人連叫都來不及，就撲通倒地。

巨獸丟下那男人，立刻伸爪掃向另一個惡徒。牠銳利的爪子像鐮刀般割開那人的大腿，那人慘叫之間，巨獸早已攻向下一個目標了！

總之，巨獸的動作太快了，快到讓人看不清楚。

當一幫惡徒都倒下後，巨獸轉過身來面對美緒。牠火紅的雙眼直直盯著美緒，美緒卻不害怕。她明知巨獸長得很可怕，但是心裡卻莫名生出一種親切感。

「不、不准動！」伴隨著耳畔的尖叫，美緒感覺脖子一涼。原來青壽掏出貼身短刀，正抵住她的喉嚨。

巨獸應聲停下動作，只見青壽嘴角浮出邪惡的冷笑：「原來如此，你是來奪回這個孩子……我現在要和這孩子一起出去，你要是輕舉妄動，我就切斷她的喉嚨！」青壽一邊說，一邊用美緒當盾牌，架著她往門口緩緩移動。美緒四肢發麻，根本無法動彈。

忽然，青壽的腳下一個踉蹌。原來躺在地上的彌助不知何時已經醒轉，身子一滾撞上青壽。

青壽身體一歪，手中短刀偏離美緒的脖子，這個瞬間，巨獸當然不會放過。

說時遲那時快，美緒被一股強大的力量往上拋，她只覺身體底下掃過一股勁風，接著，就被兩隻

手緊緊抱住了。

美緒抬起頭，父親的臉就在眼前。她登時放聲大哭：「哇——爹！爹爹——！」

「美緒！妳沒事眞是太好了！」宗鐵也嗚咽著。

就在相擁而泣的父女腳邊，有個細弱的聲音呻吟道：「爲什麼妳……有父親啊？妳有個會來救你的父親啊！妳卻還不知足，這麼任性……我討厭妳、太討厭妳了！」

只聽那聲音愈來愈小，接著就消失了。

過了一會兒，美緒、宗鐵和彌助從倉庫牆上的大洞鑽了出來，一個像小狗般的影子立刻撲上前去，原來是津弓。見彌助和美緒都平安無事，他高興得綻開笑臉：「彌助、美緒，太好了！你們都沒事啊！」

「謝謝你，津弓少爺。你救了我女兒啊！」宗鐵說。

「謝謝津弓，你是我們的救命恩人哪！」彌助也說。

「呵呵呵……」被宗鐵和彌助這麼感謝，津弓的臉都紅了。

美緒悄悄問津弓：「你為什麼……去叫我爹呢？」

「不可以嗎？」津弓疑惑道。

「不、不是……只是，我以為你一定會去跟千彌求救，他是距離最近的人啊！」美緒呑呑吐吐的說。

「是啊，妳說的沒錯！」津弓認眞的說：「不過……我想，如果我是妳，我一定會想跟宗鐵醫生求救啊！」

美緒沉默了。

「所以，我就到處去找宗鐵醫生，卻很難找到他。我去問了鬼蛙精，又去找了管狐妖，他們都告訴我不同的去處。最後我才終於追上宗鐵醫生，因此晚到了，對不起啊！」

「不、不，我很高興哪！」美緒說完，用力抱緊津弓。津弓的臉更紅了，不過他大概是很高興，都沒叫美緒放開。

這時候，遠處傳來匆促的腳步聲，千彌像一陣風般趕到了！

「彌助，你在那裡嗎？你沒事嗎？」千彌大吼。

「我在這裡，沒事啦！」彌助趕緊回答。

「啊，太好了！」這一回，換彌助被千彌抱得喘不過氣了。

千彌和宗鐵詢問孩子們整件事的來龍去脈，彌助和美緒輪番敘述。

兩個大人對青壽的邪念與惡行，都氣憤不已。尤其是千彌，簡直要氣炸了：「太可惡了！宗鐵，你怎麼不把那女人留下，讓我來解決呢？」

「不、不，就算是千彌也不能讓。那女人不但欺騙美緒、傷害美緒，更在我面前用刀子脅迫她，無論如何都不能原諒！怎麼可能放那女人生路呢？」

「我沒說要放她生路，只是在我到達之前，你不要先對她動手啊！」千彌不甘心的說。

「那是不可能的！」宗鐵斬釘截鐵的答道。

「你這個人挺沒禮貌啊！」千彌沒好氣的說。

「只要是關於我女兒的事，被別人怎麼批評都無所謂！」宗鐵頂回去。

兩個大人互相怒視，誰也不讓誰。彌助只得插進去說：「好啦好啦！反正我們都平安回來，不就好了嗎？對了，千哥，久藏那傢伙呢？」

「大概又暈倒了吧！」千彌不以爲意的說。

「你把他怎麼了？」彌助一驚。

「他纏著我不放，我只好給他肚子一拳。大概是我氣急敗壞，力道大了點。不過你都受到這麼大的傷害，他只挨我一拳，也是活該啦！」千彌聳聳肩道。

彌助聽了，不禁有一點點同情起久藏。不過，他隨即轉身，望著跟宗鐵手牽手的美緒，靜靜的問：「美緒，妳要跟我回家嗎？還是……」

彌助還沒說完，美緒立刻接話：「我要跟爹回去！」

「沒問題嗎？」彌助關心的問。

「嗯，沒事的！我喜歡爹，我要跟爹在一起。」美緒點頭說。

「嗚哇——」宗鐵忽然大哭起來。美緒輕輕握了握父親的手，說：

「對不起，爹爹，對不起！」

「嗚嗚……嗯，我懂。嗚嗚……抱歉……」宗鐵嗚咽著說。

「我懂，我也懂了。」美緒對父親點點頭，又轉向彌助，不太好意思的說：「對了，我以後還可以去找你嗎？」

「當然啦！歡迎妳隨時來玩。」彌助笑道。

「不，我不是去玩，是想去幫你忙。我以後要跟爹學各種本領，像是如何照顧病人，如何針灸等等。如果有醫生在旁邊，托顧所的風評應該會更好。所以……有一天，我可以當彌助的新娘嗎？」美緒說。

此話一出，全場一片靜默。

第一個反應過來的還是彌助：「啊……這個，我很高興妳這麼想……不過，妳也還是個小孩，不如等長大一點，再來考慮這種問題好嗎？」

這時，彌助身旁有一股怒氣正默默的上升，不用問也知道是千彌：「妳想嫁給我的彌助？未免太大膽了！」

然而，就在彌助安撫千彌之前，另一股怒氣炸開了！

彌助一回頭，只見宗鐵全身燃燒著銀白色火焰，怒目瞪他：「彌助，雖然我很感謝你……可是不會把女兒送你喔！」

「我們才不要呢！你趕快把她帶回去！」千彌馬上還嘴。

「千彌，你是什麼意思？你對我的女兒不滿意嗎？」宗鐵大怒。

眼看千彌和宗鐵鼻子都快頂到對方了，相持不下，一副隨時就要爆發的樣子，彌助和美緒只能拼命勸阻，設法拉開他們。

這時，被晾在旁邊的津弓，一副不太甘心的樣子，低聲自言自語：

「明明是我去找救兵的，怎麼美緒說要嫁彌助呢？為什麼不是要嫁我呢？雖然我還不想娶老婆……不過這也說不過去嘛！」

終章

雖然發生了許多事，但宗鐵和美緒父女總算相偕回家，津弓也平安回宮殿了。彌助和千彌一起走回長屋，到家的時候，久藏已經不在了。

兩人進門第一件事就是坐下來喝茶。熱呼呼的茶緩緩下肚，整個晚上累積的緊張和疲勞，似乎頓時一掃而空。

歇了一會兒，兩人才相對而笑起來。

「唉，眞是個恐怖的夜晚啊！可憐的彌助，實在讓你受苦了！」千彌心疼的說。

「嗯，不過美緒和宗鐵醫生總算和解了。這樣一想，也算是青壽促成的好事呢！」彌助說。

「這倒是啊。拜她所賜，總算把那小丫頭送走了！我們又可以過原來的日子了。」千彌高興的笑道，彌助也無奈的笑了。

「不過，又會有新的客人上門吧！」彌助說。

「那都是晚上，白天就只有我們兩人，太好了！我再也不想被別人打擾了！」千彌愉快的說道。

只是，他的願望沒有實現。

第二天晚上，響起好大一陣敲門聲，接著久藏就衝進來了！

「救救我呀，阿千！彌助！」久藏大喊。

「麻煩鬼請回去！」千彌不客氣的罵道，久藏卻不理他，只顧大嚷：「我的戀人被搶走了！我要把她奪回來，你們幫幫我呀！」

千彌和彌助完全說不出話，只得聽久藏一一道來……。

國家圖書館出版品預行編目（CIP）資料

妖怪托顧所.4, 半妖之子/廣嶋玲子作；Minoru繪；
林宜和譯. -- 初版. -- 新北市 ： 步步出版 ： 遠足文
化事業股份有限公司發行, 2022.06

面； 公分

ISBN 978-626-96038-9-3(平裝)

861.596 111006701

1BCI0021

妖怪托顧所❹：半妖之子

作者｜廣嶋玲子
繪者｜ Minoru
譯者｜林宜和

步步出版
社長兼總編輯｜馮季眉
責任編輯｜徐子茹
美術設計｜蔚藍鯨

出版｜步步出版／遠足文化事業股份有限公司
發行｜遠足文化事業股份有限公司（讀書共和國出版集團）
地址｜ 231 新北市新店區民權路 108-2 號 9 樓
電話｜ (02)2218-1417　傳真｜ (02)8667-1065
客服信箱｜ service@bookrep.com.tw
網路書店｜ www.bookrep.com.tw
團體訂購請洽業務部｜ (02)2218-1417 分機 1124
法律顧問｜華洋法律事務所 蘇文生律師
印製｜通南彩色印刷有限公司
初版 1 刷｜ 2022 年 6 月　初版 9 刷｜ 2024 年 8 月
定價｜ 320 元
書號｜ 1BCI0021
ISBN ｜ 978-626-96038-9-3